Tres periodistas
en la revolución de Asturias

Manuel Chaves Nogales
José Díaz Fernández
Josep Pla
Tres periodistas
en la revolución
de Asturias

Prólogo de Jordi Amat

Libros del Asteroide

Primera edición, 2017
Sexta reimpresión, 2025

Queda rigurosamente prohibida, sin la autorización
escrita de los titulares del *copyright*, bajo
las sanciones establecidas en las leyes, la reproducción
total o parcial de esta obra por cualquier medio
o procedimiento, incluidos la reprografía
y el tratamiento informático, y la distribución
de ejemplares mediante alquiler o préstamo públicos.

© Herederos de Manuel Chaves Nogales
© Herederos de José Díaz Fernández
© Josep Pla, 1934 y herederos de Josep Pla

© del prólogo, Jordi Amat, 2017
© de la traducción de los textos de Josep Pla, Jorge Rodríguez Hidalgo, 2006
© de esta edición, Libros del Asteroide S.L.U.

Publicado por Libros del Asteroide S.L.U.
Santaló, 11, 3.º 1.ª
08021 Barcelona
España
www.librosdelasteroide.com

ISBN: 978-84-17007-06-5
Depósito legal: B.19.203-2017
Impreso por Kadmos
Impreso en España - Printed in Spain
Diseño de colección: Enric Jardí
Diseño de cubierta: Duró

Este libro ha sido impreso con un papel ahuesado,
neutro y satinado de ochenta gramos, procedente de bosques
correctamente gestionados y con celulosa 100 % libre de cloro,
y ha sido compaginado con la tipografía Sabon en cuerpo 11.

Índice

PRÓLOGO, Jordi Amat   IX

OCTUBRE ROJO EN ASTURIAS (1935),
José Díaz Fernández   1

CRÓNICAS (Octubre, 1934),
Josep Pla   129

CRÓNICAS (Octubre, 1934),
Manuel Chaves Nogales   199

Prólogo

Una verdadera pesadilla

Para Nacho Orovio, periodista.

Hacía ya varios meses que la historia de Juan Martínez se contaba por entregas en el diario Ahora. *La verdad es que, cosida una anécdota tras otra con mano maestra, se mostraba una peripecia abracadabrante. ¿Qué hacía un bailaor como él en un lugar —la Rusia revolucionaria de 1917— como ese?*

El autor de aquellos artículos era Manuel Chaves Nogales. Por entonces, cuando a los treinta y pico vivía la plenitud de su trayectoria profesional, Chaves no era quien hoy consideramos que es. Ni mucho menos. Era un prestigioso periodista republicano, de acuerdo, pero era eso y era poco más. En el canon intelectual de la Edad de Plata no ocupaba una posición central ni secundaria seguramente porque ni la crónica ni el reportaje —los géneros con los que él brillaba— gozaban del estatus literario que le hubiesen permitido formar parte de la nómina de los escritores de referencia cultural de su tiempo. Ha sido precisamente la reciente ampliación de ese canon, hoy menos encorsetado, lo que ha posibilitado una nueva consideración de la obra de Chaves. Y, en buena parte, ese redescubrimiento se ha producido gracias a la pintoresca historia de ese Juan Martínez y a su Sole, que, efectivamente, habían estado allí. Es decir, en el terror.

Los artículos protagonizados por el Maestro habían empezado a publicarse a mediados de ese mes de marzo de 1934 y la serie concluyó el 15 de septiembre. Al cabo de tan solo una semana ya se anunciaba su recopilación en un modesto volumen, pensado más para venderse en los quioscos que no en las librerías. El día 22, en el mismo Ahora, *se dio noticia de la aparición del libro. Los hechos narrados, se decía, eran pasado, pero podían ser presente.* «*Este libro tiene en estos momentos un extraordinario interés de actualidad, porque dice claramente a los españoles* CÓMO ES UNA REVOLUCIÓN SOCIAL» *(las mayúsculas son del diario* Ahora*). Al cabo de quince días se iniciaba en España, en parte en Cataluña pero sobre todo en Asturias, un proceso revolucionario. No era el nuestro el único país europeo que convivía con esa amenaza en su cotidianeidad. El marco parlamentario de convivencia estaba degradado aquí y allá. Pero fue en España, a principios de octubre del 34, donde se encendió la mecha y estalló.*

Espectador activo de dicho proceso de degradación lo era, desde Madrid, Josep Pla. Como Chaves Nogales, con quien tan solo se llevaba unos pocos meses, Pla se ganaba la vida como periodista. Pero mientras Chaves era poco más que un escritor de reportajes en periódicos, a ese perfil Pla le sobreponía otro. Él sí estaba en el canon. Porque además de comentarista político, desde hacía unos diez años también era reconocido como una figura de referencia del sistema cultural catalán. Lo avalaba su articulismo y su afilada capacidad para la polé-

mica, y en especial algunos libros de primer nivel literario o indiscutible impacto informativo. Entre los segundos, su reportaje sobre la Unión Soviética —reeditado varias veces en pocos meses— o los volúmenes de la biografía de Francesc Cambó —que convertían la vida del gran político conservador en la culminación del movimiento catalanista—. Entre los primeros, algunas obras misceláneas, como Llanterna màgica *y* Relacions, *y la pequeña obra maestra que era* Vida de Manolo, *una biografía del escultor Manolo Hugué —escrita cediendo la voz a Hugué, pronto traducida al castellano y tal vez el modelo de las biografías del propio Chaves Nogales.*

Pla tuvo siempre un pie en el periodismo y otro en la literatura, y siempre que podía acompasaba el movimiento de uno y otro porque no concebía la escritura sin estilo. A finales de la década de los veinte, tras su regreso a Barcelona después de unos años como corresponsal por la Europa de entreguerras, se había convertido digamos que en un publicista orgánico del catalanismo conservador. Su plataforma era La Veu de Catalunya, *órgano de comunicación paradigmático de La Lliga Regionalista. Desde esa posición militante, al proclamarse la Segunda República, fue destinado a Madrid para cubrir de manera cada vez más crítica la actualidad política española y actuar como altavoz positivo de la actividad parlamentaria desarrollada por los diputados conservadores de La Lliga. Reelaborando algunos de los artículos de su primera etapa, a mediados de 1933 y en una editorial de la órbita de su partido, publicó en formato de dietario uno de los mejores reportajes sobre el período:* Madrid. L'adveniment de la República. *Allí liposucciona parte de su partidismo para liberar su escep-*

ticismo que es, a la vez, lúdico y lúcido. Pero a medida que veía acercarse el colapso del sistema parlamentario, en los artículos que dictaba día sí día también, ese tono irónico fue ensombreciéndose. En sus crónicas, como una mancha, va ganando espacio la conciencia que iba a producirse una gran crisis. No es angustia. Es pesimismo. Es realismo.

Dos días antes de que se anunciase la publicación del librito El maestro Juan Martínez que estaba allí, *Josep Pla publica un artículo donde se da noticia del descubrimiento por parte de la policía de diversos alijos de armas. Armas para la insurrección. «El Gobierno ha descubierto hoy los textos demostrativos del plan revolucionario que se había ideado. Los extremos de dicho plan son gravísimos y estaban dirigidos frontalmente contra el régimen mismo y contra las personas que lo representan». El periodista daba por hecho que se estaba desactivando la amenaza de un complot, pero sabía también que se vivía una hora crítica. El 26 de septiembre Pla dictaba una frase lapidaria en su artículo político: «Es visible que la opinión se da cuenta exactamente de que estamos ante uno de los momentos más trascendentales de la historia contemporánea de este país». ¿Cómo se había llegado hasta aquí?*

No es este el lugar ni soy persona cualificada para desbrozar los caminos dramáticos que iban a desembocar en una tragedia sin paliativos. Tragedia porque la tensión provocó centenares de víctimas. Miles. Fue un episodio mucho más trágico de lo que hoy creo que tendemos a recordar. Por ello, porque podemos verlo a través de la mirada literaria de tres relatores de lo sucedido, este libro de buen periodismo —primo hermano de las

Cuatro historias de la República *que editó Xavier Pericay— nos devuelve a ese clima de «verdadera pesadilla». Hago mía esta expresión formulada por un socialista crítico. Son las palabras que el dirigente Julián Besteiro, en discusión interna con Largo Caballero, pronunció pocos meses antes de que se produjese el desastre.*

Porque no eran pocos los que sabían hacia dónde iban. Está documentalmente probado que, tras las elecciones generales del 19 de noviembre de 1933, algunos de los principales agentes políticos del país entraron en una espiral de radicalización que desembocaría en la gestación de un movimiento revolucionario. «El camino que llevaría a octubre», sentenció el historiador Julio Arostegui, «comenzó a recorrerse al empezar febrero». Esa reacción, entre defensiva y amenazadora, era una respuesta a la coyuntura creada por el resultado electoral.

En las elecciones, el partido más votado había sido la derecha dura de la CEDA *—liderada por José María Gil-Robles— seguida por el Partido Republicano Radical presidido por el veterano Alejandro Lerroux. Ambos partidos sumaban el 45 por ciento de los sufragios emitidos. Fue Lerroux quien recibió el encargo del presidente de la República —Niceto Alcalá Zamora— para formar gobierno y, gracias al apoyo de la derecha católica y otras fuerzas menores (incluidos los conservadores catalanes), lo consiguió. La* CEDA, *que se había manifestado explícitamente ajena a la consolidación del estado republicano, posibilitaría la gobernabilidad. ¿Qué tipo de gobernabilidad? Escrito tras la formación del gobierno, el editorial de* La Vanguardia *—redactado más que probablemente por Gaziel, un oráculo siempre es-*

pectral— *esperaba que el acuerdo facilitase la incorporación progresiva de las «derechas triunfantes» al Estado republicano. Aquel acuerdo solo tenía sentido si servía como un puente para que los diputados de Gil-Robles llegaran a la orilla democrática. Pero no fue así. Pasaban los meses y cada vez estaba más claro. «Se ha hundido el puente y ellas continúan acampadas en la orilla opuesta. De ahí toda la delicadeza, toda la dificultad de la hora actual». 26 de abril de 1934.*

La sensación dominante entre la oposición era que la CEDA *apoyaba el gobierno no para reforzar la República sino más bien para sabotearla. El líder conservador forzaba, primero, una acción involucionista mientras esperaba el momento idóneo para entrar primero en el gobierno y hacerse luego con la presidencia. Y desde la presidencia dar un giro autoritario al Estado, acompasando la política española a otros procesos de radicalización conservadora que se estaban dando en el continente. Los titubeos de Gil-Robles con las dictaduras reaccionarias hacían presagiar lo peor. El fascismo ya era un fantasma que recorría Europa.*

Eso, en un polo. En el otro, tampoco estaban mejor las cosas. Al tiempo que, más o menos, iba madurando el movimiento y se establecían planes más bien fantasiosos para el día después de la revolución, Chaves Nogales publicaba su reportaje sobre la Revolución rusa protagonizado por Juan Martínez. Más que una casualidad, la sincronía puede interpretarse como una advertencia. Porque la prensa, naturalmente, no callaba lo que en multitud de mítines se decía bien a las claras y cada vez con mayor frecuencia: se asumía que el parlamentarismo estaba gangrenado y, para los extremos que se iban retroalimentando, la solución pasaba por una toma no democrática del poder.

Pero esta explicación unidireccional, centrada solo en la dinámica partidista, no es suficiente para aproximarse a la magnitud de los sucesos que acabarían por desencadenarse. En octubre del 34 convergieron dinámicas de degradación internacionales, nacionales y regionales, dinámicas de crisis económicas y políticas, partidistas y sindicales. Se acumulaba la conflictividad social, en el campo y en la ciudad. Existía un clima de tensión incontrolable, con violencia, en las calles. Entre las clases trabajadoras cundía la convicción de que tantas esperanzas depositadas en el cambio de régimen no habían implicado a la hora de la verdad un cambio en sus condiciones de vida. Y para acabar de tensionar el día a día, diversos medios sostenían una campaña de demagógica agitación propagandística. Nada favorecía, pues, la estabilidad sino más bien todo lo contrario. Como había profetizado Gaziel, la República se estaba quedando sin republicanos o, dicho con otras palabras, a los republicanos el régimen casi acabado de estrenar se les estaba escapando de las manos.

Los focos de subversión eran diversos. Uno de ellos lo constituyeron las autodenominadas alianzas obreras, ideadas por el Bloc Obrer i Camperol que lideraba Joaquín Maurín —un comunista purgado, como tantos, por el estalinismo—. Dichas alianzas no eran electorales (quizás porque las gentes movilizadas, entre otros motivos, cada vez creían menos en las urnas) sino frentes de acción cuyos principios eran suscritos por partidos y sindicatos. Su planteamiento básico era que la revolución proletaria solo sería factible si era el resultado de una acción obrera unitaria. A esa lógica, entre el año 33 y el 34, irían aproximándose las fuerzas hegemónicas en el campo de la izquierda sindical y política: el anarquismo de la CNT *y el tándem* UGT/PSOE *en fase avanzada de radicalización. Sin el compromiso de socialistas y anarquistas, la revolución no pasaría del papel. Pero en el conjunto del país no llegó a estructurarse una alianza obrera de ámbito estatal. En Cataluña, en cambio, a medias. En Asturias, sí se constituyó plenamente porque a ella se sumó la* CNT. *Ese factor diferencial explica, también, la gran movilización asturiana que se activó cuando la mecha prendió.*

A primeros de octubre de 1934, con una nueva crisis de gobierno en aquella legislatura, los conjurados se pusieron a la expectativa por si se producía la temida entrada de la CEDA *en el gobierno. Es en esas fechas cuando Pla, con todas las letras, les anuncia a los lectores de* La Veu *que se está en un momento trascendental. Que hay peligro. Tras algunos días de tensión se hizo público que, efectivamente, tres de los dirigentes del partido de Gil-Robles ocuparían carteras ministeriales. Se supo el jueves 4 de octubre. «Pocas veces he tenido un disgusto, una preocupación colectiva como anoche», escribió el día 5 el poeta Luis Cernuda —comunista ya— en sus dietarios. «Qué asco, qué vergüenza que haya podido formarse semejante engendro de gobierno.» La luz roja se había encendido. Era la señal. Fuego. El movimiento revolucionario iba a precipitarse. Y su derrota, antes o después, con muertes y dinamita, se produciría en los tres espacios donde podría haber tenido su máxima significación: en Madrid —donde no había alianza obrera y la planificación era precaria—, en Cataluña —donde la había a medias y el movimiento quedó en parte monopolizado por el levantamiento de Lluís Companys— y en Asturias —donde la alianza era total—. Pocos contarían con tanta viveza lo sucedido durante aquellos días como el autor de* Octubre rojo en Asturias.

«Hemos vivido en los últimos días el movimiento subversivo más extenso y más profundo, quizá, de nuestra historia contemporánea», afirmó Pla en La Veu *cuando pudo volver a imprimirse el periódico. Su diagnóstico lo mandó la madrugada del miércoles 10, a la una y por teletipo, y así llegó a tiempo para que a primera hora de la mañana los lectores pudieran leer aquel artículo. Titulado «El momento actual», es el primero que editamos aquí. Junto a las palabras de Pla, el hombre de orden barcelonés que hojeaba aquellas páginas —ese era el lector modelo de* La Veu— *pudo leer otra noticia. En las Cortes, la tarde del martes 9, se había aprobado restablecer la pena de muerte (por aclamación). Era otra luz roja que se activaba. También las derechas gubernamentales, que sabían perfectamente que más pronto que tarde se produciría un movimiento revolucionario, aprovecharían la coyuntura crítica para acelerar la rectificación reaccionaria.*

Por entonces, cuando en Madrid y Barcelona el ejército ya había sofocado la subversión, la tragedia seguía incendiando Asturias. Los rumores, a cual más truculento, se multiplicaban porque la información no era ni podía ser precisa. El movimiento revolucionario estaba siendo reprimido también por el ejército. A la brava y con escasísimos miramientos. Los encargados de ejecutar la represión serían cuerpos de legionarios y tropas de Marruecos.

Durante aquellos días centrales de octubre, apenas se podían empezar a publicar crónicas. El sábado 13 el delegado del gobierno en Cataluña, por ejemplo, había mandado esta nota taxativa a la redacción de La Vanguardia: «*Para su cumplimiento, se previene que por disposición del ministro de la Guerra, hasta nueva orden no podrán publicarse crónicas periodísticas de corresponsales que tengan o hayan tenido en los lugares donde se han efectuado operaciones militares*». *No sería hasta el martes 16 cuando ese periódico pudo publicar las primeras notas, aún muy breves, dictadas desde Gijón o Avilés.*

Diría que por entonces Pla ya se había trasladado al norte de España —primero al País Vasco, luego a Asturias— para contar lo que veía. Pero las primeras crónicas que mandó desde Bilbao tampoco pudieron publicarse de un día para otro. Seguía, de momento, el bloqueo informativo. Solo pudieron imprimirse a partir del domingo 21. Y ese día, en la primera página de La Veu, *se destacaba la importancia de aquella serie periodística con el nombre del periodista impreso en unas enormes mayúsculas. Traduzco del catalán.* «*Josep Pla, que estos días estaba en Gijón y hoy tal vez esté ya en Burgos, ha sido el primer enviado especial de la Península llegado a Asturias.*» *El martes 23, otra vez en primera página, más información sobre la serie de Pla. Traduzco de nuevo.* «*Nuestro redactor Josep Pla ha visitado ya Oviedo y la cuenca minera de Asturias, ocupada por las tropas. De las impresiones de estas visitas las ha convertido en unos reportajes de una actualidad palpitante, de un interés extraordinario.*» *El primer artículo de temática exclusivamente asturiana apareció el martes 24. Ese mismo día empezó a publicarse la serie de Chaves Nogales, que también había acudido allí.*

Aquellos dos excelentes periodistas no escribieron desde el frente, pero las cenizas aún humeaban junto a sus cuadernos cuando miraban los escombros en Oviedo o entrevistaban a personas de todo tipo para poder dar una versión ajustada a lo sucedido. Casi mil quinientos muertos. Más de dos mil heridos. Una ciudad destrozada. Sintieron que se había vivido «una de esas etapas en las que la humanidad retrocede a la barbarie» (Chaves). «Se produjeron los acontecimientos terribles de Oviedo, que hacen palidecer los hechos más dramáticos ocurridos en la historia política de todos los tiempos» (Pla). Sus crónicas, tan próximas entre ellas y tan similares las dos a la retórica de un corresponsal de guerra, comparten una doble dimensión. Las dos interesantes y necesarias.

Una era la que analizaba la crisis política. Porque el sistema democrático se ha descosido. Chaves y Pla lo saben. La frágil y precaria estabilidad de la Segunda República se hunde. Otra vez. Pero la reflexión sobre esos sucesos, más allá de la agónica controversia del momento, estaba entreverada con el relato de la tragedia humana. Es la segunda dimensión del corpus que rescatamos. Chaves y Pla consiguieron coser una y otra dimensión. Por su capacidad de observación. Por su talento como escritores. Y seguramente también porque los dos tenían una sólida experiencia de la crisis europea que les permitía captar lo que realmente estaba en juego en los detalles.

Ambas encuestas, para decirlo con una expresión compartida por ambos, ahora impactan en la conciencia del lector recordándole la magnitud de aquel colapso concreto. Pudiendo ver con sus propios ojos, tras sema-

nas de censura informativa, estos cronistas sintieron el dolor de una ciudad destripada, y lo contaron. Supieron de la violencia desbocada, y la relataron. Intuyeron el enquistamiento de una crisis de convivencia que les pareció irresoluble, y lo advirtieron. Esa es la función literaria, hoy, del mejor periodismo de ayer. Recibir el impacto de un boomerang *imprevisto. Hacernos revivir como contemporáneos hechos trascendentales del pasado.*

Porque octubre en Asturias, sin duda, lo fue. «Desde la Comuna de París», escribió Romain Rolland (o al menos así lo refirió Julián Gorkin), «no se ha visto nada tan hermoso como el movimiento revolucionario de Asturias». Dejemos a un lado el calificativo de quien se emociona con el drama desde algunos centenares de quilómetros de distancia. Lo seguro es que la sensación de que aquellos hechos —por la revolución, primero, por la represión militar, después— habían sido un episodio terminal cuajó muy pronto mientras en las cárceles se acumulaban miles de presos. Por ello, igual que sucedió con los Fets d'Octubre, ya en 1935 empezaron a publicarse monografías de algunos actores implicados o las primeras reconstrucciones de aquellos días críticos. Obras de ficción, autobiográficas, políticas o periodísticas. Incluso escritos que se habían extraído clandestinamente de la prisión, como La insurrección en Asturias. Quince días de revolución socialista. *Su autor era Manuel Grossi —delegado del Bloque Obrero y Campesino en la Alianza Obrera de Asturias— y el libro se cerraba con un epílogo de Gorkin y se abría con un prólogo de Joaquín Maurín que, releído hoy, pone los pelos de punta. «España se encuentra actualmente —y octubre fue el exponente de esta situación— entre el fascismo y el socialismo. Ha sido destruida la posibilidad de estabilización democrático-burguesa.» Para esos dos revolucionarios permanentes, estaba claro, aquella tragedia había sido un eslabón más hacia la victoria final.*

El libro de Grossi es uno entre muchos. El corpus sobre aquellos días de octubre en Asturias ha acabado siendo tan amplio que incluso Sarah Sanchez le pudo dedicar su tesis doctoral. De todos esos libros, que van del análisis político al acopio de testimonios, el reportaje más vivido sigue siendo el narrativo Octubre rojo en Asturias *firmado por un tal* José Canel. *Era el seudónimo empleado por quien firmaba con su nombre el prólogo de aquel libro: José Díaz Fernández.**

Era más joven que Pla y Chaves, pero por muy poco. Aunque nació en Salamanca en 1898, Díaz Fernández pasó su infancia y juventud en Asturias. Cuando inicia sus estudios universitarios en Oviedo, empieza a colaborar en la prensa local. Al poco, como muchos chavales de su generación, vive una experiencia que configura biografía. En tiempos de la insurrección en el Rif, estuvo integrado en un regimiento en Marruecos durante varios meses. Igual que para miles de jóvenes europeos movilizados durante la primera guerra mundial, Marruecos fue un momento determinante en la vida de diversas promociones de españoles. Él, crítico, lo contó en directo. «No es, no, esta guerra de Marruecos una guerra de juguete que merezca la acotación ligera de cualquier cronista improvisado. Es guerra de aguafuerte, calcado en

---

* El prólogo de José Díaz Fernández se incluye como epílogo de *Octubre rojo en Asturias* en la presente edición. Página 115 y siguientes. *(N. del E.)*

sangre joven y generosa.» La repercusión de crónicas como esta, escritas en Marruecos y publicadas en El Noroeste, *le otorgaron, primero, un prestigio que puso en valor cuando regresó a Oviedo, donde fue nombrado corresponsal de destacados medios de prensa madrileños. Luego, ya en Madrid (se instaló en 1925), volvió al tema de Marruecos con* El blocao *(1928), recopilación de relatos cuyo tono y planteamiento narrativo no es muy distinto al que usará para contar la insurrección asturiana.*

A los treinta años Díaz Fernández es ya un actor valioso de la cultura republicana española. Cuando se publica El blocao, *ya había tomado partido. Está en el núcleo* Post-guerra, *una revista de izquierdas de ámbito básicamente madrileño que no tardará en editar y distribuir libros de concienciación socialista. En sintonía con los planteamientos de su grupo, él se posiciona en los mismos términos políticos y culturales. Lo evidencia su libro de reflexión estética* El nuevo romanticismo *(1930). La significación precisa de ese ensayo la estableció el sabio Domingo Ródenas. En discusión con los planteamientos de Ortega y lo que representaba* Revista de Occidente *como plataforma elitista y burguesa, aquella reflexión no pretendía tanto una impugnación del llamado arte nuevo sino que postulaba la necesidad de una literatura que hiciese soluble la innovación formal con la concienciación social. Por entonces ya había pasado unos meses en la cárcel, por conspirar contra la dictadura de Primo de Rivera, algunos más en el extranjero, y luego iría intensificando su militancia política. Por eso escribe de urgencia* Vida de Fermín Galán. *Biografía política con su amigo Joaquín Arderius: para re-*

forzar la alternativa republicana a un sistema monárquico corrompido. Cuando en 1931 se convoquen elecciones para Cortes constituyentes, se presentará en la candidatura del Partido Republicano Radical Socialista —el partido de Álvaro de Albornoz o Victoria Kent—. Fue elegido diputado por Asturias.

Será al dejar su escaño, tras aquellas elecciones de noviembre de 1933, cuando intensifique de nuevo su colaboración en la prensa. Fue en aquel período, vivido por él como un bienio negro, cuando se produzca la revolución en la Asturias de su infancia y juventud. Si el colofón del libro no miente, su libro sobre aquellos sucesos se imprimió el 29 de junio de 1935. Un ejemplar valía 4 pesetas. El prólogo de Octubre rojo en Asturias, *que era una interpretación política de todo el proceso republicano, lo firmó con su nombre, pero en la cubierta del libro el nombre del autor era un tal* José Canel. *Al tiempo que se publicaba en volumen, también se hacía por entregas en el* Diario de Madrid *desde el 24 de julio. La publicidad no podía ser más atractiva: «El primer relato de la revolución de Asturias que se publica en la prensa española, hecho por un revolucionario». Pero no tardó en saberse que el autor no era un revolucionario sino Díaz Fernández. Porque lo reveló él mismo, pero también porque sus relatos provocaron una polémica inmediata.*

El sábado 3 de agosto, a primera hora de la mañana, se celebró una sesión en el Ayuntamiento de Oviedo en la que se tomó la siguiente decisión: «Protestar contra las falsedades y conceptos insidiosos que, según manifestó el alcalde, contenía el reportaje que sobre los sucesos de octubre está publicando Diario de Madrid, *la-*

mentando que sea su autor el asturiano ex diputado a Cortes Sr. Díaz Fernández». Era una decisión compartida también por el presidente de la Diputación. Se enviarían telegramas de protesta tanto al ministro de la Gobernación como a Fernando Vela —director del periódico, otro secundario de la Edad de Plata y buen amigo de Díaz Fernández—. Lo cierto es que pocos relatos, por su intensidad estilizada, daban una sensación tan dramática y vivida de aquellos días trágicos. No podía ser obra de un revolucionario a secas. Tenía que haberlo compuesto un escritor profesional.

Si durante su estancia en Marruecos había escrito crónicas para la prensa, luego Díaz Fernández volvió a ese conflicto para darle en El blocao *mayor profundidad literaria. En* Octubre rojo en Asturias *procedió a una operación similar. No había escrito crónicas, es verdad, pero las mejores crónicas ya las conocemos. Lo interesante es constatar cómo los distintos géneros, al tratar el mismo tema, desarrollan una lógica literaria distinta. No es lo mismo la crónica, por muy brillante que sea, que el reportaje de largo alcance. Tampoco habían sido lo mismo, por ejemplo, las crónicas de Pla sobre los primeros días republicanos y su transformación posterior en el relato que es* Madrid. L'adveniment de la República. *Si la dimensión humana en la crónica es un elemento más, que funciona como un trazo impresionista (así podemos leerlo en Pla y Chaves), en el reportaje se convierte en el elemento determinante. Por eso en el reportaje, como vemos en este caso, el diálogo se convierte en un recurso clave: escuchando la voz vemos no la noticia sino a la persona que está hablando. En el tránsito de uno a otro género se diluye el interés infor-*

mativo inmediato y, a cambio, el relato se hace más persuasivo porque más que los hechos importan las personas —un médico, un maquinista improvisado...— a través de las cuales se toma conciencia de lo sucedido. Aquí no importa tanto el juicio sobre unos sucesos desconocidos como una reconstrucción que busca la empatía del lector, comprender cómo vivieron los derrotados anónimos una tragedia que para ellos lo fue más que para nadie.

Octubre rojo en Asturias *fue el último libro publicado en vida por José Díaz Fernández. En las elecciones de 1936, tan condicionadas por los hechos revolucionarios de octubre de 1934 —aún eran muchísimos los españoles presos—, volvió a ser elegido diputado. Tuvo cargos políticos antes de la guerra, en el Ministerio de Instrucción Pública, y durante la guerra, en cargos relacionados con la prensa. A finales de enero de 1939, junto a su familia —su mujer y su hija—, se exilia. Empieza la última pesadilla. No se escapará de la experiencia de los campos de refugiados. Cuando logre salir, se instalará en Toulouse. Con la ocupación nazi de Francia, intentará marcharse a Cuba. No lo consiguió. Pobre, muy pobre, murió el 18 de febrero de 1941. Tenía cuarenta y dos años. Para pagar su entierro se hizo una colecta entre sus amigos. Sobre el ataúd se colocó una cinta con los colores de la bandera republicana.*

JORDI AMAT

José Díaz Fernández
Octubre rojo en Asturias

I. Mieres inicia la revolución

Mieres fue la base de la revolución. Es un pueblo grande y negro, diseminado en la falda de una montaña, desde la cual lo anuncia un resplandor rojo, el de las fábricas metalúrgicas. La inmensa cuenca minera, que se extiende desde las estribaciones de Pajares hasta los umbrales de Oviedo, desemboca en Mieres, donde están instaladas las industrias más importantes, las oficinas de las empresas y los técnicos. Allí están también las casas obreras, pintadas de bermellón, donde al atardecer hormiguean los hombres vestidos de mahón, las mujeres despeluchadas y asténicas, con los grandes ojos enrojecidos por la temperatura del taller y de la escoria, y los chiquillos sucios, desgarrados, hostiles, que salen a la busca del carbón a las orillas del río, al borde de los lavaderos.

Al atardecer del día 5 salieron por todos los caminos de la montaña emisarios de los comités revolucionarios anunciando para el día siguiente la huelga general y la sublevación armada. Los grupos de Mieres no tenían armas. Había, sin embargo, que encontrarlas, y para eso se brindó un grupo de comunistas y socialistas que salió de madrugada armado de pistolas y escopetas. Este grupo fue, sin duda alguna, el que inició la revolución. Se dirigió, primero, al cuartelillo de la guardia municipal. Allí la empresa fue fácil. El retén dormía sobre los camastros, y cuando los guardias vieron entrar aquella fuerza, compuesta, además, de personas conocidas, apenas tuvieron tiempo de volver de su sorpresa. Los revolucionarios les quitaron las armas y las municiones y salieron para dirigirse a una armería próxima, en cuya puerta golpearon furiosamente. Por una ventana asomó el dueño, que fue invitado a entregar las armas.

El comerciante no hizo resistencia. Pero antes de franquear la entrada a los revolucionarios, llamó por teléfono al cuartel de Asalto. Por eso cuando aquellos se dedicaban a recoger las escopetas y cartuchos de la tienda, apareció la camioneta de los guardias de asalto. Antes de que echasen pie a tierra, los revolucionarios dispararon. Tres guardias cayeron entonces heridos. Los demás, pensando que los atacantes lo eran en mayor número, retrocedieron hasta el cuartelillo de la guardia urbana, donde se hicieron fuertes.

Pero esta fue la señal de la lucha. Los mineros comenzaban a llegar de sus aldeas con sus carabinas y sus pistolas. Una inmensa multitud se congregaba en la plaza de la Constitución, desde donde partían columnas de voluntarios para rendir los cuarteles. Algunos mineros iban armados con cartuchos de dinamita, dispuestos a volarlos en caso de resistencia. Y lo que sucedía en Mieres ocurría casi simultáneamente en los demás pueblos de la cuenca, en Aller, en Pola de Lena, en Turón. A las ocho y media de la mañana la fuerza pública de aquella zona se había rendido totalmente, no sin haber tenido duras refriegas con los revolucionarios. La avalancha era tal, sin embargo, que la cuenca entera estaba en armas, desmandada, como un río en crecida que todo lo arrasa.

En la plaza de Mieres se registraron escenas impresionantes. Después de rendirse los guardias de asalto, las masas pedían que dos de ellos, famosos por su dureza en reprimir manifestaciones, les fueran entregados. El comité se negó a ello. Estos dos guardias estaban heridos y había que trasladarlos al hospital de sangre. Cuando la multitud los vio llegar a la plaza, protegidos por algunos obreros, se destacaron hasta diez escopeteros que los reclamaban para rematarlos. Los obreros tuvieron necesidad de cubrirles con sus cuerpos para que no disparasen sobre ellos. Pero uno de los guardias, en un acceso de pánico, con el uniforme desgarrado y cubierto de sangre, quiso huir rompiendo el cerco de los que le protegían. No bien lo había hecho cuando cayó muerto de dos tiros de escopeta.

Mediada la mañana, millares de obreros se congregaban alrededor de la Casa del Pueblo, desde donde se transmitían las órdenes del movimiento. El comité de transportes se había incautado de camiones y automóviles. El de abastecimiento había centralizado los víveres, declarando la abolición del dinero, facilitando en cambio los bonos de aprovisionamiento para la población civil.

Delante de la Casa del Pueblo se iban congregando camiones y automóviles, cuyos motores trepidaban como bestias impacientes. De vez en cuando, en medio de la trágica barahúnda, sobresalían voces nerviosas y enérgicas:

—¡Revolucionarios voluntarios para Oviedo!

—¡Revolucionarios voluntarios para Campomanes!

Los hombres se lanzaban al asalto de las camionetas, deseosos de ser los primeros en marchar. La mayoría entraba en ellas sin armas, porque no las había para todos. A los mineros se les notaba la decisión de entrar en combate desafiando el mayor peligro, convencidos de que aquella lucha era, más que necesaria, fatal. Se despedían de los amigos con cierto júbilo, y no era raro oír desde lo alto de los camiones diálogos y bromas a cuenta de las terribles jornadas.

—¡También se muere en la mina, chacho! —gritaba uno, armado con un viejo fusil casi inservible.

—Verdad, verdad. Ayer tiré las herramientas al río. ¡Viva la revolución...!

Al mismo tiempo que se organizaban las expediciones de guerra, grupos de obreros asaltaban los polvorines y se apoderaban de la dinamita que se utiliza en las faenas mineras. Otros ocuparon los talleres y fábricas metalúrgicas, donde se formaron equipos para preparar las bombas que habían de utilizarse en el ataque. Algunos de estos artefactos eran verdaderas máquinas infernales. Contenían dos paquetes de dinamita —unos cuarenta y dos cartuchos— y diez kilos de metralla hecha con recortes de varillas de acero. En estos talleres trabajaban día y noche numerosos obreros. Se construyeron allí más de cinco mil bombas.

El cuartel que más tardó en rendirse fue el de Campomanes, pueblo minero de la línea del Norte, fronterizo con León. Allí resistía un cabo de la Guardia Civil con unos cuantos números. Al conocerse la noticia en Mieres, salieron numerosas expediciones de revolucionarios, que a las tres de la tarde habían logrado rendir a la fuerza pública, después de matar al cabo y herir gravemente a dos guardias. Como desde el cuartel se habían pedido refuerzos a León, poco después apareció un camión con guardias de asalto, que llevaba emplazada una ametralladora.

En aquel momento los mineros, concentrados en gran número, eran dueños del pueblo. Los guardias indudablemente ignoraban que les esperaba allí un verdadero ejército. Apenas el camión asomó por una de las calles de Campomanes, una descarga cerrada destrozó la mitad de la dotación. Los guardias no tuvieron tiempo siquiera de utilizar la ametralladora. Los supervivientes se lanzaron a tierra y desplegados fueron a refugiarse en una fábrica donde a los veinte minutos fueron aniquilados. Solo un cabo y dos números lograron huir, a monte traviesa, camino de León.

El terreno favorecía los designios de los revolucionarios. Toda la zona, a partir de Pajares, es una sucesión de picachos y colinas, con profundos corredores flanqueados de arbolado, donde pueden parapetarse miles de hombres sin ser vistos. Al día siguiente de la primera refriega, los mineros organizaron espontáneamente un frente de combate. Las órdenes de los comités eran lentas y vacilantes, pero los hombres comprendían por instinto las exigencias de la guerra y se preparaban al ataque. Presumían que por la línea de León llegarían fuerzas dispuestas a reducirlos. Aunque el entusiasmo creaba los rumores más optimistas, anunciando el triunfo proletario en todas partes, los mineros esperaban el combate.

En efecto, pocas horas después aparecían las primeras fuerzas militares: las del batallón ciclista de Palencia, seguidas de otras dos unidades de infantería. El choque fue durísimo. Las fuerzas de vanguardia sucumbieron casi totalmente; pero las restantes, a costa de grandes pérdidas, pudieron ganar la posición de Vega de Rey, en la cual resistieron el asedio incesante de los mineros durante una semana, desde el 8 al 16 de octubre, fecha en que aflojó definitivamente la presión revolucionaria.

La marcha sobre Oviedo fue más fácil. Cientos de mineros se alistaban para el frente. La primera refriega entre la fuerza pública y los sublevados tuvo lugar en plena carretera, en la llamada cuesta de la Manzaneda. Los guardias ocuparon las casas y desde allí quisieron cortar el paso a los grupos. Fue inútil. Los revolucionarios, en medio de continuas descargas, ocuparon la loma más alta, desde la cual dominaban la posición de la fuerza. Esta no tuvo más remedio que abandonarla y batirse en retirada hacia los montes próximos. Allí fueron cazados los guardias uno a uno, mientras los mineros, tras despojarles de correaje y armamento, marchaban como una tromba sobre Oviedo, donde comenzaron las nuevas y trágicas jornadas.

En la carretera quedaban mezclados y barajados por el destino cadáveres de guardias y de revolucionarios. Al día siguiente, los labriegos de las aldeas próximas abrieron una fosa en la falda del monte y los enterraron apilados, bajo el ronco zumbido de los primeros aviones.

II. La lucha de Campomanes

En el frente de combate de Campomanes se reunieron alrededor de tres mil mineros. Las armas eran escasas. Hasta que cayó en poder de los revolucionarios la fábrica de la Vega, de Oviedo, no hubo armamento suficiente. Por otra parte, los mineros luchaban desordenadamente, sin una organización regular, actuando por propia iniciativa. Apenas funcionaban los servicios de guerra más elementales. Muchos mineros jóvenes habían llevado consigo sus novias y sus mujeres, y esta fue la intendencia con que contaron. Estas mujeres, llenas de coraje y de rebeldía, les alentaban y ayudaban, pero constituían un impedimento extraordinario en la lucha con las tropas.

Los primeros grupos medianamente organizados que llegaron procedían de Moreda. Al frente de uno de ellos iba un revolucionario que se había destacado por su decisión y valentía en la toma de los cuarteles. Se llamaba Gerardo Monje y trabajaba como listero en unas obras municipales. Monje había estado en Buenos Aires y hablaba todavía con acento porteño. Era un tirador magnífico. Llevaba el máuser y el correaje de un guardia civil y sus compañeros le acataban como jefe indiscutible. Lo primero que hizo fue nombrar su lugarteniente a un muchacho joven, picador de mina, llamado Antonio Martín. El comité de Campomanes encargó a Monje la toma de la estación de Linares, en la que según confidencias había un convoy de víveres. En cambio los obreros del pueblo carecían de ellos. Suponían que la estación estaría defendida por fuerzas militares y reclamaban la presencia de los revolucionarios para atacarlas.

Monje dispuso sus hombres para la lucha. Pero cuando llegó a las inmediaciones de la estación se encontró que allí estaban solamente el jefe y algunos ferroviarios.

—¡Pero qué sonsos! —exclamó Monje, irrumpiendo con sus hombres en la estación—. Tienen víveres al alcance de la mano y pasan hambre.

Inmediatamente procedió a la requisa de vagones. Había allí harina, legumbres, conservas, e incluso unas cajas de champaña.

Los vecinos que habían llegado detrás de los mineros quisieron participar en el botín, lanzándose en desorden sobre los víveres. El indiano los contuvo. Disparó a los pies de los primeros asaltantes y estos, aterrados, retrocedieron. A uno, más decidido, que no quiso hacer caso tuvo que barrenarle de un tiro el brazo derecho. Luego dijo:

—¡Atrás todos! Aquí nadie se lleva nada hasta que yo disponga cómo se ha de llevar. Comerá el que tenga hambre, pero no admito macanas...

Después ordenó a sus hombres que protegieran el reparto. A los vecinos los colocó en fila:

—A ver, usted, vieja, delante. Todos en fila al tercer

vagón. Vosotros —a sus compañeros—, aquí con el fusil preparado, por si queda por ahí algún *chingao* que quiera dárselas de guapo.

Luego abrió un vagón:

—Los que necesiten patatas...

Fue distribuyéndolas equitativamente. Luego repartió legumbres, harina para pan, latas de conserva.

—¿Están ustedes satisfechos?

Alguien rezongó, disconforme:

—No admito macanas, ¿sabe? —replicó rápido—. Por esos pueblos hay también necesidades y niños que no comen. Todos tenemos derecho a vivir y ustedes van arreglados para unos días. Lo que queda lo repartiré, ¿sabe? No tocaremos nosotros a tanto.

Cumplió su palabra. Aquellas mercancías remediaron un poco la escasez que se notaba en los pueblos del contorno, donde algunos días costaba cuatro horas de cola recoger el valor de dos pesetas en víveres. Muchos de los saqueos de aquellos días tuvieron su origen en el hambre y la impaciencia de las masas.

Gerardo entregó al comité de abastecimientos los géneros restantes. Pidió que se reservasen las cuatro cajas de champaña para sus hombres:

—Quiero escanciarlas una noche, para que estos parias del monte beban lo que beben los burgueses en los hoteles caros.

Al día siguiente le encargaron de copar un cañón emplazado por las tropas en una posición peligrosísima:

—Ese cañón —dijo el presidente del comité, comunista destacado— domina nuestros frentes. Varios camaradas han caído todos estos días. Nos hace tanto daño el cañón como los aviones.

Gerardo Monje respondió:

—Se copará el cañoncito, camarada. Pero yo rogaría también al camarada que se atendiese un poco a los trabajadores. A veces se pasan el día entero sin probar bocado.

En efecto, la organización era desastrosa. Reinaba una completa anarquía en los servicios auxiliares. Los mineros presentían que el final de la lucha no podía ser otro que la derrota. El frío, aquellos días, en la montaña era intensísimo. Llovía y granizaba con frecuencia. Los mineros, a la intemperie, sin mantas ni abrigos, aguantaban estoicamente aquella campaña inesperada. Algunos estaban semidescalzos, con los pies encharcados en unas botas deterioradas, o en unas alpargatas ya inservibles. Los sostenía solo la esperanza de que la revolución estuviese triunfando fuera de allí, aunque la verdad es que estaban incomunicados habitualmente, sin más que alguna que otra proclama que llegaba desde Mieres, redoblando en ellos la fe en la revolución.

En las casas cercanas al frente, desde donde se hacía el aprovisionamiento de los grupos, había un desorden inaudito. Las mujeres repartían las raciones sin orden ni concierto. Algunos emboscados saqueaban los depósitos y huían a esconderse del fuego.

Gerardo, con su pequeña columna, cumpliendo instrucciones del comité, quiso corregir defectos. Era ya tarde, sin embargo, para poner las cosas en su lugar y dar a la resistencia una mediana organización. En realidad, los comités que controlaban aquel frente habían dejado incorporarse a él a las gentes menos útiles. Nubes de rateros y de maleantes, de mujeres y de chiquillos merodeaban por allí, sembrando el desorden y la anarquía.

El movimiento se había escapado de las manos de los dirigentes. El comité se limitaba a enviar patrullas de veinte hombres, como si se tratase de ganar batalla tan difícil con golpes de audacia, venciendo hoy una posición y mañana otra. Faltaba una técnica de la revolución. En cambio, había pelotones de jóvenes mineros con valentía y arrestos para enfrentarse con la muerte y ofrendar sus vidas a la revolución. Mientras los románticos revolucionarios, hambrientos y descalzos, daban su vida en el parapeto, otros que nada hacían comían su pan y llevaban su abrigo y sus zapatos, repartiéndose las prendas que procedían de las confiscaciones revolucionarias.

Fue casi inútil que Gerardo Monje enviase al comité de Mieres una comunicación interesando cuantos abrigos, cueros, checos, trincheras y zapatos quedasen en los comercios sin distribuir. Cuando una pequeña remesa llegó al frente, la mayor parte de las prendas estaban inservibles. Hubo revolucionario que para descansar unas horas, libre de las ropas empapadas de agua, se quedó totalmente desnudo entre la hierba de un pajar, como una hormiga en su hormiguero.

A los tres días de llegar Gerardo al frente amaneció un hermoso día. Hermoso porque el sol doraba la cumbre de las montañas; pero terrible para los que habían de batirse con la aviación, la fusilería y los obuses. Los mineros casi preferían los días lluviosos y con niebla.

Mientras el sol iba limpiando de oscuridades las montañas, los revolucionarios tomaban posiciones tras los árboles y argomales, para combatir a las tropas y despistar a los aeroplanos que arrojaban bombas y disparaban sus ametralladoras.

Enseguida el fuego de cañón alternaba con el bombardeo aéreo. La estribación derecha, al bajar de Pajares, era la más comprometida porque carece de vegetación. Diseminados y acurrucados al abrigo de cualquier arbusto, los mineros de vanguardia veían caer las bombas, sin dejar de disparar a su vez, también con éxito. Cuando un compañero era alcanzado por un casco de metralla, había siempre un par de voluntarios dispuestos a cargárselo a las espaldas para conducirlo a la ambulancia y desde allí al hospital de sangre. Algunas veces aquellos trágicos convoyes eran descubiertos por la aviación; pero ellos no abandonaban la carga y corrían con ella para que los aviones no pudiesen situar el tiro. Alguno pereció en este trágico regate por salvar a un compañero herido.

La lucha era demasiado desigual durante los días claros.

Al asomar aquella mañana la escuadrilla de aviones por Pajares, los revolucionarios estaban ya en sus madrigueras de la ladera izquierda. Los aparatos evolucionaban sobre las posiciones de las tropas y sobre las del frente rojo, sin descubrir un solo revolucionario. Cuando pasaban sobre las casas donde se habían estacionado las tropas, los mineros oían un gran griterío:

—¡Viva España! ¡Viva España!

Saludaban a los libertadores. Porque el asedio de los mineros no llevaba trazas de concluir, a pesar de conocerse la suerte adversa de la revolución.

Los hombres de Gerardo Monje estaban escondidos tras los árboles y se disponían a apoderarse del cañón. Gerardo se reprochó que antes no hubieran intentado realizar aquel servicio:

—Son tantas las cosas que hay que hacer aquí...

De vez en cuando un obús rasgaba el viento, seguido al instante de una sorda explosión. Luego se oía la detonación del disparo. Después, otra y otra. Era la señal para que la aviación precisara, por las explosiones de las granadas, la posición de los revolucionarios. El cañón servía, en realidad, de guía.

La ofensiva de las tropas duró toda la tarde. Tronaban los cañones con el seco acompañamiento de las granadas. La aviación, zumbando contra el cielo inclemente, arrojaba cargas de metralla. Los mineros permanecían envueltos en esta lluvia mortífera, contra la que no podían casi nada. Es verdad que tenían también un cañón; pero las municiones carecían de espoleta y sus disparos eran poco menos que inútiles.

La única defensa eficaz era el tiro de fusil contra los aviadores. Gerardo disparó una vez y el avión acusó por su repentina vacilación la herida del piloto. El bombardero debió de lograr, sin embargo, apoderarse del mando, no sin que antes el aparato emprendiese una acrobacia desesperada, como para desplomarse. Pero se estabilizó de pronto y desapareció raudo tras el puerto de Pajares.

Gerardo comentó con ironía:

—Uno que ya no nos estorba más. Desgraciadamente, aún quedan bastantes.

Las bajas de los mineros lo acusaban. A pesar del peligro habían sido recogidos un muerto y cinco heridos graves. Uno tenía un brazo molido por los cascotes y desgarrado profundamente; ni siquiera se quejaba. Otro fue alcanzado en las dos piernas, que solo tenía sujetas por jirones de carne sanguinolenta. Este era un obrero de rostro cobrizo. Decía con voz débil:

—Yo muero... Acordaos de mis hijos. Si triunfamos, sabréis corresponder... —Luego quiso incorporarse—: Dadme el fusil... Pero... no puedo..., no puedo. Dejadme descansar tumbado. Que otra bomba acabe conmigo.

Poco después palideció intensamente y murió en brazos de un camarada. Los mineros miraron con una mezcla de fervor y de espanto aquella cara ya lívida. Fue un soldado oscuro del marxismo, del que nadie hablará más.

Se le enterró en el monte, cerca de un arroyo, cuyas aguas bajaron muchos días mezcladas con sangre.

Los mineros esperaban ya el intento de asalto a sus posiciones. Pero esperaban por su parte la noche para atacar, libres de los aeroplanos.

—¡Que nadie se mueva! —dijo Gerardo Monje.

Después de las cuatro de la tarde se vio salir a la fuerza desplegada en guerrilla para apoderarse de las posiciones revolucionarias. Al mismo tiempo la aviación seguía lanzando bombas. Los cañones disparaban sin tregua. Los revolucionarios dejaron desplegarse a las tropas. A menos de quinientos metros hicieron una descarga cerrada que ocasionó varias bajas. Eran tiros seguros de cazadores.

—¡Cuerpo a tierra! —ordenó alguien a los soldados. Pero los revolucionarios se estaban quietos.

—Acostados no avanzan —decía Monje—; cuando se pongan en pie, ¡duro!

Los soldados se enderezaron nuevamente y echaron a correr agazapados. Las descargas rojas les hacían doblegarse y desistir. Iban todos a una muerte segura. No tuvieron más remedio que retirarse.

Tres soldados quedaron, sin embargo, rezagados y fueron capturados por los revolucionarios.

—¡No nos matéis! Nosotros estamos aquí obligados.

Se les llevó al depósito de prisioneros.

—Al fin y al cabo —decía un minero—, sufren como nosotros.

Por ellos se enteraron los mineros de la difícil situación de las tropas durante los primeros días. No podían enterrar a sus muertos. Los víveres les fueron arrojados desde los aeroplanos, después de pasar hambre cuatro días. Si los cañones revolucionarios hubiesen disparado con espoleta, habrían sido aniquilados.

Aquella noche era preciso copar el cañoncito. Destacaba este cañón entre los emplazados por las tropas por su posición estratégica. Dominaba toda la ladera del monte, por la parte norte. En las horas de bombardeo aéreo, sus disparos señalaban con precisión la situación de los mineros. Se hablaba de él en los pueblos sublevados como de la peor máquina enemiga.

Gerardo Monje, con su grupo, se había comprometido a enmudecerlo. Aunque otras faenas de la lucha le habían obligado a demorar, como él decía con su acento porteño, de aquella noche no pasaba. Al riscar el alba había que apoderarse de la pieza. Los rojos sabían que estaba defendida por una sección al mando de un teniente. Había, además, una ametralladora.

En efecto, a la luz levísima del amanecer se lanzó el grupo a la temeraria empresa. El teniente los debió de descubrir y pensó, sin duda, prepararles una emboscada. Situó a sus hombres fuera de la posición para envolver a los asaltantes. Unos pocos quedaron custodiando el cañón y rompieron el fuego los primeros, lo que hizo que los revolucionarios no pensasen en la emboscada. Pocos metros antes del reducto, se dieron cuenta de que estaban copados. Gerardo gritó:

—¡Compañeros, ánimo y fuego!

Las fuerzas les acosaban. El teniente que estaba de pie, disparando su pistola, gritó a su vez:

—Es inútil. Moriréis todos si no os entregáis.

Apenas dijo esto, un tiro certero de Gerardo lo hacía rodar. Un sargento y tres soldados cayeron también, mientras Gerardo exclamaba:

—¡Ánimo, camaradas!

Fueron sus últimas palabras. Antonio Martín, que disparaba cerca, vio cómo a su amigo le caía el fusil de las manos y se desplomaba sin exhalar una queja, muerto de un balazo en el pecho.

Otros mineros estaban muertos y heridos. Antonio Martín tuvo que disponer la retirada, mientras un grupo de sus hombres se apoderaba de una ametralladora de la tropa. El cañón, en cambio, continuaba en lo alto de la loma, confabulado con los aviones de bombardeo para batir a los pueblos en armas.

III. El tren blindado

En vista del avance inminente de las fuerzas militares, el comité de Mieres, a instancia de algunos jóvenes revolucionarios, dispuso la salida para Campomanes de un tren blindado, con hombres de refresco.

Esto sucedía en la madrugada del día 13. A pesar de haber transcurrido una semana de lucha y hallarse en su apogeo los combates de Oviedo, no fue difícil encontrar voluntarios para la expedición. El tren quedó formado con seis vagones, donde iban unos doscientos hombres armados con mosquetones traídos de Oviedo. En otro vagón se cargaron vituallas recién requisadas en las aldeas, adonde apenas llegaba el eco de la revolución. Empezaban entonces a escasear los víveres, entre otras razones porque en los comités de abastecimientos reinaba una total confusión.

De madrugada empezó a formarse el tren. Hubo que improvisarlo todo. El material estaba en desorden en las vías muertas, tal como había quedado una semana antes, al surgir los primeros chispazos. Los ferroviarios no aparecían por parte alguna. Grupos de obreros recorrían sus domicilios, donde les contestaban, temblando, que nada sabían de ellos.

—¿Quién va a conducir el tren? —preguntaban de aquí y de allá, mientras los grupos iban engrosando y repartiéndose por el estrecho andén, por las oficinas de la estación, hasta derramarse en la explanada próxima. Se hablaba a gritos, nerviosamente, contándose impresiones y rumores del frente, detalles brutales de los combates. De vez en cuando las blasfemias y las amenazas silbaban sobre el sordo rumor de los atropellados diálogos.

Por fin, a la luz indecisa de las lámparas de la estación, apareció un ferroviario, en medio de varios mineros armados. Venía sin gorra, alteradísimo, agitando los brazos.

—Yo llevo el tren, pero no respondo...

De pronto se paraba y exclamaba insistentemente:

—¡No respondo! ¡No respondo!

Era fogonero del norte. Le hicieron subir a la máquina y allí, ayudado de varios obreros, empezó la faena, mientras otros enganchaban los vagones, los cubrían con el blindaje, cargaban los víveres o discutían furiosamente sobre lo que convendría hacer. No había jefe. De vez en cuando, algún individuo del comité era abordado por un grupo de voluntarios que le planteaban cualquier problema de la organización del convoy. El directivo vacilaba, decía una cosa y luego otra, y al fin se escabullía. Los expedicionarios tenían que resolver entonces por sí mismos, farfullando insultos contra «estos *babayos* del comité».

El más enérgico de los expedicionarios era un muchacho rubio, casi rojo, al que todos, en efecto, llamaban Roxu. El Roxu iba de aquí para allá, metiendo a la gente en los coches, apuntando las cajas de municiones, colocando centinelas en las plataformas. Nadie le conocía y, sin embargo, le obedecían todos.

—¿Quién *ye esti* rapaz, chacho?

—*Non* sé. Debe de ser comunista.

Lo cierto es que el Roxu logró que el fogonero capturado, ascendido por la revolución a maquinista, pusiese el tren en marcha. Aquello produjo entre los que se quedaban y los que se iban cierta emoción. La técnica proletaria, siquiera fuese tan elemental como la de poner en marcha un tren, triunfaba en aquel momento histórico. El Roxu se asomó a una de las ventanillas y gritó con todas sus fuerzas:

—¡Viva el ejército rojo!

El viva fue sofocado por un largo y desgarrado pitido. El fogonero se había cogido al pito de la máquina y lo había oprimido durante más de cinco minutos. Era un grito de socorro y de angustia más que una señal de marcha. Aquel jornalero pacífico, obligado a sumarse a la rebelión, querría despedirse, quizá para siempre, de la mujer y los hijos, que tantas veces habrían oído indiferentes el pito del convoy.

El tren marchó con regularidad por espacio de media hora; pero de pronto una avería en la caldera lo hizo detenerse, entre las protestas de los revolucionarios. El Roxu, que llevaba un mosquetón colgado al hombro y en la mano una pistola, se convenció por sí mismo de que de aquella *panne* inesperada no tenía culpa el fogonero. Varios mecánicos que venían en el tren se dedicaron a hacer un reconocimiento minucioso de la máquina, mientras los demás se tumbaban por las inmediaciones sin abandonar las armas.

La detención duró cerca de tres horas. Al fin, la avería fue reparada y el tren pudo continuar su marcha.

En todas las estaciones del trayecto fue preciso detenerse. Las familias se agolpaban en los andenes y cambiaban impresiones con los revolucionarios. Contaban los destrozos de los aviones, la fuga de las familias pudientes, las rendiciones de los cuarteles. Al partir el tren, hombres y mujeres lo despedían con el puño en alto.

—¡U. H. P.! («Unión, hermanos proletarios») —gritaban abajo.

—¡U. H. P.! —contestaban desde el tren.

Pero cuando este partía, todos se alejaban silenciosos, sumidos en el horror de la revolución.

Era bien entrada la tarde cuando el tren llegó a las inmediaciones de Vega de Rey, donde se parapetaba la vanguardia de las tropas, al borde de la vía del ferrocarril. Las tropas recibieron al tren con una descarga cerrada de fusilería y ametralladora. El tren contestó del mismo modo. Pero los disparos enemigos lograron perforar la chapa de doce milímetros que recubría la máquina, horadando la caldera. Esta empezó a perder vapor y agua y al fin el tren tuvo que detenerse.

Enseguida los cañones enemigos comenzaron a vomitar metralla. Del interior del tren salían imprecaciones y blasfemias mezcladas con el silbido de los disparos. Muchos creían que el maquinista había hecho traición. Un minero, tocado con una gran boina, que iba disparando su fusil desde una aspillera, saltó del coche y subió a la máquina.

—¡Tira adelante o te mato! —dijo al pobre fogonero, apuntándole con el mosquetón.

El Roxu le apartó el arma:

—No seas bárbaro. Es que la máquina no tira. Mira: convéncete tú mismo.

La máquina, en efecto, no obedecía al regulador. El convoy quedó encallado allí, bajo la metralla de las tropas. De pronto aparecieron dos aviones, dominando con sus motores el tumulto de las descargas. En medio segundo dejaron caer dos bombas, que no estallaron sobre el tren, sino unos metros más allá. Pero los cascos de la metralla rebotaban en el blindaje, dejando un eco metálico.

El fogonero, acurrucado en su rincón, había abandonado el mando de la máquina.

—Ven acá, cobarde —le gritaba el Roxu, mientras disparaba—. Algo hay que hacer. Van a acabar con nosotros los aviones.

Pero el ferroviario no se movía. Entonces el Roxu, desesperado, aflojó los frenos y vio que el tren, gracias al desnivel del terreno, retrocedía.

—Ven aquí que nos deshacemos por esa cuesta.

El fogonero, temblando, obedeció al fin y llevó el tren hasta un túnel entre Ujo y Pola de Lena, seguido por los aviones que pretendían hincar sus granadas en el convoy como sus uñas dos pájaros de presa.

Aquella noche los expedicionarios del tren marcharon a pie hasta el frente de combate, donde durante dos días sostuvieron encuentros reñidísimos con las tropas, que recibían constantemente refuerzos desde León. Aquél fue en realidad el último esfuerzo de los mineros para romper la línea enemiga. El Roxu quiso asaltar el día 16 los parapetos enemigos. Pero su iniciativa fue recibida ya con frialdad. Aquella noche empezaron las deserciones de los revolucionarios. El día 17 solo quedaban unos cincuenta hombres con el Roxu a la cabeza, dispuestos a resistir hasta que el comité dispusiese la retirada. La verdad es que a aquellas horas no quedaba ya comité alguno. Con un pretexto o con otro los combatientes del frente se habían marchado, para huir por la montaña o buscar refugio seguro. Sabían que el total fracaso de la revolución les pisaba ya los talones.

El Roxu cambió impresiones con sus compañeros. Casi todos querían huir.

—Eso nunca —gritó el Roxu—. Además, no sabemos cómo andarán las cosas por otra parte.

Se ofreció a parlamentar con los militares:

—Mientras quedemos nosotros, la revolución no está vencida.

Pero su criterio no triunfó. Todos estaban dispuestos a marcharse. Entonces el Roxu decidió una locura:

—Pues yo voy a hablarles a los soldados. Son proletarios como nosotros...

No hubo manera de disuadirlo. Con su fusil al hombro se dirigió a la posición enemiga. Soldados y oficiales le dejaron avanzar, un poco asombrados de lo insólito del caso. Nadie sabe lo que pasó. Sus compañeros le vieron llegar y vieron que a su alrededor se formaba un grupo. El Roxu discutía, haciendo grandes gestos. Por fin, los soldados le internaron en el campamento y nadie volvió a saber más de él.

IV. En el hospital

Los heridos del frente de combate de Campomanes y aquellos que caían víctimas de la aviación a lo largo de la cuenca eran hospitalizados en Mieres. Un médico de la Beneficencia municipal, requerido en unión de otros para la asistencia de las víctimas, sugirió al comité la instalación de un hospital de sangre en la Escuela de Capataces, único lugar apropiado para ello. Se requisaron camas y efectos en las tiendas y casas particulares, se aprovechó el material sanitario de las casas de socorro y de las farmacias locales y se nombró el personal adecuado, tomado de aquí y de allá, entre revolucionarios y personas de orden. Las enfermeras y sanitarios eran, por lo general, gentes de la masa neutra que se ofrecían voluntariamente a una labor que además de humanitaria tenía la ventaja de poner a cubierto a los que la realizaban de los azares de la lucha. El personal que pudiéramos llamar político era escaso. Un practicante socialista, llamado Patricio, tenía el mando del establecimiento. Era un hombre discreto, útil, generoso, que tomaba su papel sin arrogancia ni altivez, descargándolo todo lo posible de su carácter clasista. Ha habido muchos proletarios de estos que en los puestos de responsabilidad se han comportado sin vehemencia ni rencor, ajustando sus actos estrictamente a los deberes de la revolución. Otros, en cambio, los entendían de otra manera. Todo el odio ancestral de los parias subía a su corazón en medio de las inclemencias de la guerra, para desencadenarse en la represalia y el despotismo.

Patricio regía con ejemplar mesura el hospital de sangre. Los facultativos encontraban en él un hombre razonable, que les facilitaba su función, y el personal sanitario veía en él un jefe enérgico y justiciero que no admitía atropellos ni desigualdades. Lo mismo se atendía a los guardias que a los sublevados, y si alguna preferencia se toleraba era para los niños y las mujeres caídos bajo la metralla, seres neutrales en el terrible y enconado combate.

Las escenas dramáticas se sucedían día y noche en aquellas salas donde días antes se oían las risas y vayas de los muchachos que estudiaban la técnica elemental de las labores mineras. Aún quedaban allí los encerados, los mapas geológicos, las escuadras, los cartabones, los telémetros, arrinconados entre gasas empapadas en sangre y en tintura de yodo.

El primer día de la revolución, cuando ya había instalados allí numerosos heridos, llegó como loca la esposa de un guardia civil, de Santullano, herido de consideración en la toma del cuartel. Ella y su hijo habían sido evacuados antes de que los revolucionarios atacasen el cuartel con dinamita. Había venido a pie, con un niño de la mano, la falda manchada del carbón de la vía. La llevaron a Patricio, que la autorizó para que buscase a su marido.

Aquella escena no puede describirse. El niño iba cogido de la falda de la madre, lloroso. Ella, con la ansiedad retratada en el semblante, los ojos muy abiertos, se inclinaba sobre las camas de los heridos, tratando de descubrir entre los vendajes el rostro de su esposo. Cuando las vendas y el esparadrapo no le dejaban detallar bien las facciones, llamaba con voz opaca:

—¡Ramón! ¡Ramón!

Pero Ramón no estaba allí. La mujer fue de un piso a otro, sala por sala, en aquella inquisición inútil. Cuando se convenció de que no estaba, prorrumpió en gritos espantosos, cortados por el llanto:

—¡Ay, me lo habéis matado! ¡Me lo habéis matado! ¿Qué hago yo ahora con este hijo, sola en una provincia donde no conozco a nadie? ¡No puede ser! ¡No puede ser!

Y luego, en otro acceso desesperado, dirigiéndose a los obreros y sanitarios, que la escuchaban en silencio, con los ojos bajos:

—¡Matadnos a los dos también! ¡Ah, Dios! ¡Cómo murió mi marido, sin tener quien lo curara y lo atendiera, y sin estar a su lado su mujer y su hijo!

Los presentes procuraron calmarla. También había heridos hospitalizados provisionalmente en la Casa del Pueblo. Quizá estuviese allí su marido. Cogida de la mano de un obrero, como un ciego de su lazarillo, salió con su hijo para la Casa del Pueblo.

El trayecto estaba lleno de revolucionarios que llegaban para alistarse, o regresaban de las requisas de presos y de víveres de los pueblos vecinos. La mujer miraba a todos con doloroso recelo. Eran, sin duda, los que habían dado muerte a su esposo, los enemigos implacables de los guardias, los que habían dejado a su hijo a merced de la orfandad y la miseria.

Recorría las salas como una autómata. Cuando comprobó que tampoco estaba allí su marido, empezó a temblar y a demudarse. El niño la llamaba asustado:

—¡Mamá! ¡Mamá!

De pronto, con la mirada extraviada y la boca llena de espuma, la mujer se abalanzó a la barandilla del pasillo, para arrojarse al patio. Los obreros lograron sujetarla por las faldas, cuando ya oscilaba sobre el vacío.

En una de las camas estaba, vendado, un niño de unos ocho o diez años. La fiebre hacía más brillantes sus ojos inteligentes y tristes. No se quejaba apenas. Lo contemplaba todo resignadamente, y cuando algún herido exhalaba una queja o solicitaba la presencia de la enfermera, el niño lo miraba profundamente, sin pestañear, durante un largo rato. Su curiosidad infantil estaba alerta, incluso, en medio de tan terrible situación. De su alma no se irá nunca, seguramente, la trágica impresión de aquellos días, calcada con sangre, mezclada al despertar de su conciencia.

Los médicos contaban la historia de este niño como uno de los episodios más patéticos de la revolución. Él estaba allí sin saber ciertamente la razón de la catástrofe, que de pronto había destrozado su hogar. Procedía del frente de Campomanes. La casa donde vivía con sus padres estaba en medio de los dos fuegos, y fue necesario abandonarla; la familia se alojó en otra menos peligrosa, aunque también expuesta a ser alcanzada por una granada de cañón o una bomba aérea. Un día, las tropas de vanguardia iniciaron un fortísimo ataque, durante el cual algunas bombas cayeron en el edificio donde este niño, con otros muchos vecinos, había buscado refugio. El niño perdió una pierna y quedó sin sentido. Su padre pereció y su madre cayó gravemente herida. Cuando los revolucionarios los recogieron y los cargaron al hombro para trasladarlos a la carretera donde estaban las camionetas de la ambulancia, fueron perseguidos por un avión que volando muy bajo, quería ametrallarlos. Por dos veces tuvieron que abandonar a los heridos para no servir de blanco al bombardeo.

El niño, ya en el hospital de Mieres, preguntaba de vez en cuando por su madre, pero nadie sabía darle razón. Y sin embargo, la madre murió en una de las salas bajas del edificio, sin saber que su hijo, suspirando por ella, estaba gravemente herido en una sala del piso superior.

Las escenas de horror se sucedían sin interrupción. Una tarde entró una mujer, con dos criaturas, herida por la metralla, cuando esperaba en una cola de pan. Un mendigo de barbas blancas, llamado Pedro, conocido en toda la cuenca, presentaba sus pies destrozados por los cascotes, como un santo martirizado. Aquel mismo día, en el patio, tuvo lugar una escena terrorífica. Un minero casi atlético mordía sus manos, de donde salían túrdigas de piel. En vano pretendían sujetarle los enfermeros y sanitarios. Lograba desasirse de los que le sujetaban y volvía a su espantable autofagia. Hasta que se logró reducirlo. Sufría un repentino ataque de locura.

Pero el episodio que parece sacado de un relato de Poe es el de Lucero, un joven socialista de diecinueve años, chófer de profesión. El comité de Oviedo le había enviado a Mieres conduciendo un automóvil en el que iban otros dos revolucionarios, encargados de determinadas gestiones. Era el momento álgido de la lucha en la capital. Uno de los que iban en el coche, obsesionado con una supuesta persecución de las tropas, empezó a gritar:

—¡Más deprisa! ¡Más deprisa, que vienen!

—¡Si no viene nadie, hombre!

—¡Más deprisa!

—Vamos a ochenta; no puede ser más.

Pero el obseso se había puesto de pie en el coche, y por más que su compañero quiso calmarlo, no lo logró. Sacó una navaja barbera y dándole al chófer un terrible tajo en el cuello, dijo:

—Toma. Para que no nos entregues a los revolucionarios.

Lucero paró el coche. Entonces el loco, huyendo a campo traviesa, repetía:

—¡Ahí vienen! ¡Ahí vienen! ¡Vamos, deprisa!

Lucero, que tenía una herida mortal en el cuello, tuvo que seguir hasta Mieres conduciendo el coche. Cuando en el hospital se disponían a curarlo, cayó muerto.

Otra tarde entró Bautista, un minero que hacía guardia en la Casa del Pueblo, con su mujer y sus dos niños. Los tres estaban heridos por la metralla aérea. Bautista iba con su fusil al hombro. Pero Patricio, el practicante, tan pronto lo vio entrar, le hizo dejar fuera el fusil.

—Aquí no tenemos nada que ver con las armas.

Se habilitó una cama para la mujer, que tenía un brazo destrozado, y otras para los niños. El niño era moreno, carirredondo, con una dulzura infinita en el semblante.

Estaba muy grave. Tuvieron que hacerle una amputación delicadísima. El niño, cuando salió de su sopor, llamaba:

—¡Papá! ¡Papá! No te vayas. Ven, acuéstate aquí.

Y señalaba un sitio a su lado. Cuando el padre iba a simular que se acostaba, el semblante del niño se ensombreció, sus ojos se turbaron. Cinco minutos después dejaba de existir. El padre no dijo nada. Quedó como petrificado, mientras la mujer lanzaba gritos desgarradores.

Momentos después el minero salía de la sala para tomar de nuevo el fusil. Sus sollozos se atropellaban por los pasillos, entre los ayes de los enfermos, el ruido de las ambulancias y los diálogos entrecortados y anhelantes.

V. Langreo

Así como en la cuenca de Mieres fue fácil rendir a la fuerza pública, en la de Langreo no sucedió lo mismo. Langreo es un inmenso valle, a orillas del río Nalón, que corre sucio, desgarrado y espeso, en medio de unos pueblos apretados y oscuros, desparramados al azar en la falda de la montaña llena de caries y de túneles. La vegetación está manchada de carbonilla y de humo. Allí, en efecto, se perdió la aldea de que hablaba Palacio Valdés. En época normal los trenes mineros entran y salen en las explotaciones, como alimañas en sus madrigueras. Desde Sama hasta Sotrondio, corre una inmensa prole de pequeños pueblos, donde se amontonan las casas estrechas, sucias, pitañosas, morada de numerosas familias obreras. Lo característico de las zonas mineras es la escasez de viviendas. De modo que los obreros viven hacinados en misérrimos zaquizamíes que en vez de atraerlos al hogar, les expulsan de él. Gracias a los chigres (tabernas) y a las Casas del Pueblo, donde encontraban el mundo civilizado —cine, teatro, cantina, biblioteca—, los mineros aprendían los rudimentos de la solidaridad social. La pobreza y el destierro alimentaban cada día su odio de clase y encendían en ellos la rebeldía, atizada más tarde con la propaganda de un marxismo puramente sentimental.

Así como en Mieres domina el socialismo y el Sindicato Minero controla la mayor parte de las organizaciones, en Langreo abundan el comunismo y el anarcosindicalismo. Estos se agrupaban principalmente en el Sindicato Único, que ha sostenido rudas batallas con el sindicato socialista. Uno de los pueblos más importantes de la cuenca, La Felguera, es un reducto anarquista, y fue allí, en los grandes talleres de la Duro Felguera, tomados por los obreros desde el primer día, donde se construyeron las bombas y los blindajes para trenes y camiones que se utilizaron en el asedio de Oviedo.

En la mañana del día 6 la cuenca de Langreo estaba en armas. Los comités de Alianza Obrera habían circulado las órdenes para la concentración revolucionaria, y los mineros se disponían a tomar el cuartel de la Guardia Civil. Pero como se esperaba que esta recibiese refuerzos de Oviedo se dispuso que varios grupos se situasen en la carretera, desde la Gargantada, mientras otros atacaban el cuartel.

Las fuerzas rojas de Langreo tenían alguna mayor cohesión que las del frente de Campomanes. Predominaban en ellas los comunistas que se sometían fácilmente a la dirección única. En cambio, los anarquistas actuaban por cuenta propia y en muchas ocasiones desatendieron las indicaciones de los comités. En La Felguera, por ejemplo, intentaron la implantación del comunismo libertario, con la consiguiente abolición del dinero y el cambio de productos en la comuna. Al fin, aquello fracasó. Hubo que abrir las tiendas y hacer el aprovisionamiento según las normas corrientes, tal como lo exigían las circunstancias de la lucha.

Colocados los revolucionarios en los puntos estratégicos de la Gargantada, bien pronto advirtieron la llegada de una camioneta de guardias de asalto. Venía en ella una sección al mando de un oficial y, temiendo una sorpresa, los guardias llegaban ya con los fusiles preparados. De pronto, una descarga cerrada de los revolucionarios vino a estrellarse en el vehículo, que en vez de parar siguió en medio de las balas, mientras los guardias disparaban a su vez. Así pudo llegar al puente por el cual la carretera hace su entrada en Sama. Pero, allí, ya la muralla revolucionaria les hizo detenerse y echar pie a tierra para parapetarse detrás del coche.

La batalla fue enconadísima. Los guardias llevaban dos ametralladoras y barrían las primeras líneas enemigas. Los obreros más arrojados, al lanzarse al asalto de la camioneta, caían para no levantarse más bajo el fuego en abanico. Entonces los revolucionarios carecían aún de las bombas que horas más tarde habían de servir para desalojar el cuartel. También los guardias tenían bajas. Uno de ellos, que sin darse cuenta se había colocado en un hueco del pretil, recibió un disparo en la cabeza que le precipitó al río. El cuerpo se hundió con el peso de las cartucheras, mientras sus compañeros seguían luchando incapaces de prestarle ningún auxilio.

Por fin, el oficial, un muchacho joven, que contestaba sonriendo a las intimaciones que le dirigían los revolucionarios, decidió avanzar hasta el cuartel, porque su situación era cada vez más comprometida. Saltaron de nuevo los guardias a la camioneta y esta salió a gran velocidad, mientras sus ocupantes se abrían paso con fuego de ametralladora y de fusil. El cuartel, que estaba en situación apurada, recibió con esperanza aquel refuerzo. En total no llegaban a los cien hombres los que allí se hicieron fuertes. Les acosaban miles de revolucionarios que combatieron toda la noche, mientras construían barricadas con sacos de cemento y chapas de acero traídas de la Duro Felguera. Eran unas barricadas capaces de resistir muchas horas toda clase de metralla.

Al siguiente día el asedio del cuartel se hizo más estrecho. Cerca del mediodía, los revolucionarios empezaron a atacar con dinamita. Las furiosas descargas de los guardias no disminuían la violencia de los sitiadores, que estrenaban allí las poderosas bombas construidas por los metalúrgicos de la Duro Felguera. El edificio empezaba a caerse a pedazos. Primero se hundió por un flanco y después empezó el derrumbamiento de la techumbre. El capitán Alonso Nart, que con el oficial de Asalto dirigía la resistencia, vio que era necesario abandonar el cuartel. Era una iniciativa desesperada; pero no quedaba otra. El dilema terrible era morir aplastado o cruzar las barricadas casi inexpugnables de los sublevados.

Salieron, sin embargo. Los oficiales, primero, disparando sus pistolas. Después los guardias, en guerrilla, con bayoneta calada y disparando bombas de mano. Lograron atravesar la línea revolucionaria; pero el acoso de los mineros fue de tal naturaleza que los guardias no pudieron conservar la disciplina.

—¡A ellos! ¡A ellos! —gritaban los mineros disparando sus mosquetones y sus escopetas.

Los guardias huían a la desbandada, en pequeños grupos, en dirección a la montaña. Algunos ya no eran jóvenes y en cambio les perseguían mozos ágiles, ciegos de coraje y de sangre, que les capturaron y les dieron muerte, sin atender las indicaciones de los comités.

Los dos oficiales quisieron dirigirse a Oviedo al frente de un pequeño destacamento. Antes de llegar a Gargantada, ya quedaron sin guardias. Perseguidos por los revolucionarios, se refugiaron en una casa del trayecto y aún allí quisieron defenderse. Era imposible. Los mineros venían en avalancha contra ellos, capitaneados por un muchacho de apenas veinte años, sin nada a la cabeza, que vestía gabardina gris:

—Entréguense —les conminó el revolucionario.

El capitán Nart, por toda respuesta, hizo fuego contra él, sin herirle.

—¡Ah, perros!

Otro minero, que venía detrás, iba a disparar contra el capitán a bocajarro. El muchacho de la gabardina le detuvo:

—¡Quieto! Hay que cogerlos vivos.

Así fueron capturados los dos oficiales. Mientras los conducían hacia Sama, deliberaban lo que se debía hacer con ellos. El de la gabardina decía que la justicia revolucionaria no podía demorarse. Había que fusilarlos inmediatamente. En cambio, un minero un poco más viejo creía que debían ser entregados en el Ayuntamiento donde estaban reunidos los comités:

—Qué comités ni que m... —dijo el de la gabardina—. Lo que hay que hacer es llevarlos al cementerio *pa* ahorrar trabajo.

La bárbara sentencia fue aprobada sin discusión.

—Y tú —agregó el improvisado jefe, dirigiéndose al que se inclinaba por la clemencia—, si no sirves *pa* esto, quédate en casa...

Los oficiales se dieron cuenta de que la muerte les pisaba ya los talones. El capitán llevaba la cara manchada de sangre y la guerrera desgarrada. Pero conservaba los guantes. Se los calzó, en silencio. Detrás, en otro grupo, venía el teniente, con las manos atadas.

Cuando divisó el cementerio, el teniente, adivinando el propósito de los sublevados, hizo un esfuerzo para desprenderse y huir. Entonces uno de los conductores le hizo varios disparos y cayó muerto. Unos metros más allá fue fusilado el capitán.

Los dos cuerpos quedaron allí hasta el día siguiente, que fueron enterrados en unión de otras víctimas. Un minero, quizá el mismo que había tenido compasión de ellos, comentó cuando bajaban hacia Sama:

—Pero eran valientes... Hay que reconocerlo.

En aquella frase, tan humana, palpitaba la verdadera justicia de la revolución.

VI. Avance sobre Oviedo

Según iban venciendo a la Guardia Civil, los mineros de las dos cuencas iban concentrándose en Sama y en Mieres, de donde partían en camiones y camionetas, camino de Oviedo. Muchos de ellos iban con los correajes y los fusiles de los guardias, deseosos de entrar en fuego, enardecidos por el peligro. La gran ciudad brillante y atractiva, que muchos solo habían entrevisto en rápidos viajes desde sus miserables viviendas del monte, ejercía en los mineros una atracción irresistible. Aquel foco de lujo, de comodidad, de vida fácil, la ciudad a la que escapaban los ingenieros para pasar el fin de semana, allí donde vivían los dueños de las minas de los cuales los que arrancaban el carbón apenas tenían una vaga noticia, les sugestionaba como un imán. En todos los tiempos, mientras la vida esté organizada en fracciones sociales, el impulso que moverá a los hombres será el instinto de poderío. Los rudos mineros querían mandar sobre la capital, someterla. El dominio político implicaba en sus almas simples la conquista de todo lo que hasta entonces les había sido negado. La palabra «revolución», que trepidaba dentro de ellos, como un motor, quería decir sobre todo acceso a una existencia hasta entonces vedada. El hombre de la vida difícil, el desterrado de la aldehuela inhóspita y del suburbio minero, llegaba como una tromba a tomar posesión de una existencia nueva. ¿Es extraño que en el descanso de la lucha, en algún comercio abandonado, descorchase alguna botella de champaña y calzase un par de zapatos nuevos?

El primer error grave de los revolucionarios fue dejar expeditas las carreteras que acuden a Oviedo. El día 6 se cortaron las comunicaciones telegráficas y telefónicas; pero se dio lugar a que partiesen de Mieres y Sama automóviles que llegaron al Gobierno Civil dando cuenta de la sublevación. Esto dio tiempo a preparar la defensa. Las primeras camionetas de Asalto que salieron para las cuencas no iban en realidad a sofocar la rebelión, sino a entretener a los obreros para que no llegasen a Oviedo con la rapidez que se proponían. A no ser por esto, Oviedo habría caído el mismo día 6 en poder de los revolucionarios.

Las primeras escaramuzas en Olloniego y la Gargantada entretuvieron algunas horas a los expedicionarios. Porque los obreros ovetenses, aunque estaban en huelga y preparados para la contienda, no se alzaron en armas hasta que entraron por San Lázaro los primeros núcleos. Allí estaban parapetados los guardias de asalto, que ocupaban las casas mejor situadas y de construcción más sólida. Los primeros encuentros fueron violentísimos. Como los mineros atacaban principalmente con dinamita, no había modo de detener su empuje. Tras varias horas de fuego intensísimo, las fuerzas tuvieron que retroceder hasta la calle de la Magdalena, la cual desemboca en la plaza del Ayuntamiento. Allí había, convenientemente parapetadas, fuerzas del ejército, que combatieron durante muchas horas, sin dejar avanzar a los atacantes. Desde los soportales, donde estaban emplazadas las ametralladoras, se barría el último tramo de la calle de la Magdalena.

De allí, los rojos no pasaban.

Un minero llamado Feliciano Ampurdián, que manejaba en vanguardia la dinamita, declaró que iba a desalojar la plaza. Ampurdián prendía la mecha de las bombas con el cigarrillo y las lanzaba sobre los parapetos de la fuerza. Su paso se anunciaba siempre con explosiones horrísonas, hundimientos de techos, rotura de cristales. No era un hombre, sino un monstruo, un aquilón mítico que sacudía el suelo como un terremoto.

—¡Voluntarios para tomar la plaza! —gritó Feliciano, aquella mañana, después de haber pasado la noche disparando.

Más de cien voluntarios aparecieron en pocos minutos para acometer la empresa. Feliciano expuso el plan. Había que avanzar calle adelante, arrojando bombas a los portales donde resistían aún pequeños destacamentos de guardias. Así, sin intermitencias, llegaría al Ayuntamiento.

Fueron unos cincuenta hombres los que llevaron a cabo la idea. Las explosiones se producían casi sin solución de continuidad, y así llegaron a la plaza. Los defensores habían ido replegándose hasta el Ayuntamiento, y desde los soportales, desde los balcones, desde la iglesia inmediata, las ametralladoras disparaban sin cesar.

Los revolucionarios prepararon diez bombas de las más potentes y se lanzaron a desalojar los soportales.

Allí caían los guardias envueltos en cascotes y trozos de pared. Los que servían las ametralladoras tuvieron que abandonarlas y retirarse hacia El Fontán. Desde Santo Domingo y Campomanes, las fuerzas seguían disparando. Ampurdián y los suyos se dispusieron a tomar el edificio de las Consistoriales:

—Hay que acabar con los que están arriba. Entonces Oviedo es nuestro.

Inició el ascenso por la escalera principal. Pero antes de llegar al primer piso caía acribillado a balazos. Arrojando sangre por la boca, con la cara destrozada, aún gritó:

—¡Quemadlos vivos!

El grupo, lleno de rabia, subió disparando sus mosquetones. Varios guardias perecieron en la defensa y otros huyeron por las puertas laterales.

Así se apoderaron los revolucionarios del Ayuntamiento de Oviedo. De todos modos, tardaron todavía en dominar el barrio. La plaza de Cimadevilla había que atravesarla en medio de las balas gubernamentales. Los sublevados quisieron retirar el cadáver del camarada Feliciano, pero cuando un minero pretendió atravesar la plaza llevándolo sobre la espalda, fue muerto a tiros desde un balcón próximo. Lo curioso es que los dos cadáveres quedaron varios días en medio de la plaza, en medio de una enorme mancha negra, que había sido una laguna de sangre. Cuando las tropas no veían ningún rebelde sobre el cual disparar, disparaban contra los dos muertos, fusilados cientos de veces durante dos días.

Al día siguiente, los rojos tomaron dos calles próximas. Donde encontraron gran resistencia fue en el cuartel de

Carabineros. Algunos proponían incendiar el edificio, y hasta se trajeron unas botellas de líquido inflamable para llevar a cabo el propósito. Pero unas mujeres de las casas de enfrente comenzaron a gritar:

—¡Hay mujeres y niños en el segundo piso!

Entonces, los mineros desistieron. Pero como les urgía deshacerse de aquel enemigo, idearon otro plan. Los mejores tiradores de fusil dispararían simultáneamente sobre las ventanas del piso bajo donde estaba la fuerza. Como el ataque impediría a los defensores asomarse a las ventanas, un minero voluntario iría arrastrándose con unas cuantas bombas para lanzarlas al interior. Así fue desalojado el edificio y muertos cuando huían algunos de los carabineros. También los cadáveres de estos permanecieron algunos días en medio de la calle. Los transeúntes tropezaban con ellos, pero no les quedaba tiempo para emocionarse.

Por fin, los rojos pudieron apoderarse totalmente de Cimadevilla y allí trasladaron su cuartel general. En el Ayuntamiento se reunían los comités y desde allí se daban instrucciones sobre el curso de la lucha. Tener un edificio oficial daba ánimos a los sublevados que acentuaban el asedio del Gobierno Civil. Al mismo tiempo, varias proclamas anunciaban el triunfo de la revolución en algunas provincias y pedían un esfuerzo más «para la victoria total de la gloriosa revolución proletaria».

Dutor, el socialista, que había sido sargento, dio una mediana organización a los obreros combatientes. Formó patrullas, que recorrían los barrios ya conquistados, colocó guardias rojos en los sitios estratégicos, y hasta preparó una especie de intendencia que se entendía con el comité de abastecimientos. De todos modos, las deficiencias había que suplirlas con la resistencia de aquellos soldados improvisados que se pasaban las noches sin dormir, a los que nadie se preocupaba de alimentar y que, sin embargo, rara vez se entregaban al saqueo. Si acaso, en las casas de las inmediaciones pedían humildemente alguna provisión.

Los vecinos de la población neutral se refugiaban en los sótanos. Las patrullas de revolucionarios, que recorrían las casas tomando nota de sus habitantes, los encontraban acurrucados en las sombrías estancias. Las mujeres rezaban. Los hombres comprendían por primera vez que a la vida no se la puede mirar con un encogimiento de hombros; que de pronto aparece con su garra siniestra, para sorprender a los más indiferentes. La zona ocupada por los revolucionarios, donde se libraban los combates más duros, era precisamente la que habitaban los burócratas, las gentes de las profesiones liberales, pensionistas y jubilados, comerciantes y pequeños industriales.

La patrulla llegaba golpeando la puerta con las culatas de los fusiles. Los hombres abrían, temblando:

—No se asusten, señores —decía el que parecía jefe—. Solamente queremos los nombres de los que viven aquí.

A la luz de las bujías, las caras de los mozos mineros, desencajadas por la fatiga, se les aparecían a los pacíficos habitantes de Oviedo como rostros monstruosos chamuscados por el fuego infernal. Cuando veían que la patrulla se conformaba con tomar nota y se despedía con un «dispensen por la molestia», el alma se les inundaba de gratitud. A veces los mineros solicitaban algún alimento:

—¿*Non* tendrán por ahí algo de comer? Llevamos todo el día sin probar nada. —Los vecinos se apresuraban a darles pan duro y a veces longaniza y conservas—. Muchas gracias. Es que somos muchos y los víveres andan escasos.

En una casa de la calle de la Magdalena llegó una tarde una patrulla compuesta solo de cuatro mineros. En el piso bajo se habían refugiado los inquilinos. Entre ellos había una mujer con un niño enfermo. Su marido era militar y combatía, sin duda, en el cuartel de Santa Clara. El niño, que tenía mucha fiebre, pedía agua sin cesar.

—¿Está enfermo el niño? —preguntó uno de los obreros.

—Sí, señor. Lleva así ocho días —contestó la madre llorando—. No sé qué hacer con él.

—¿Y no le ve ningún médico?

—El que venía lleva tres días sin aparecer. ¡Ay, Dios mío, qué va a ser de mí!

—No se apure, señora. Yo traeré uno de nuestros médicos.

Dieron por terminada la requisa y salieron. Al cuarto de hora, el minero, que era un muchacho casi negro, con un jersey rojo, apareció con un joven médico revolucionario.

—A ver, camarada. Mira bien al peque... Él no tiene culpa de la revolución.

El médico, a la luz vacilante de una vela, examinó al niño. El termómetro marcaba cuarenta grados de fiebre.

—¿Cuántos días hace que no toma nada esta criatura?

—Ayer se nos terminó la leche. No le he podido dar más que un poco de sopa de pan.

—Hay que darle leche o *foscao*, tres veces al día. Eso hay que buscarlo en el depósito donde entregan los víveres.

La madre, también desfallecida, con los ojos rojos, no hacía más que llorar. Otras mujeres de la casa la consolaban.

El minero prometió traer él la leche para el enfermito:

—Tranquilícese. No le faltará alimento al niño. Yo mismo me ocuparé de eso.

En efecto, durante dos días estuvo abasteciendo a aquella familia de leche condensada, adquirida con los vales que a él le entregaban en el comité de abastecimientos. Pero al tercer día, el médico llegó solo. El niño iba mejor y estaba ya fuera de peligro:

—¿Y su compañero? —preguntó la madre—. Hoy no ha venido por aquí.

El médico, que ya salía, contestó:

—No vendrá más, señora. Le mataron esta madrugada en la Escandalera.

VII. Oviedo en llamas

De la universidad se apoderaron, por sorpresa, los revolucionarios la noche del día 7. Era una posición indispensable para atacar el Banco Asturiano, donde las tropas se habían hecho fuertes con objeto de impedir el acceso al Gobierno Civil.

Cuando Peña se enteró de que se había tomado la universidad, mandó un recado: «Que tengan cuidado con lo que hacen. Que procuren no estropear nada». En efecto, a la universidad se la designó para depósito de prisioneros. Pero el combate con los defensores del banco exigió utilizar la torreta, desde la cual disparaban los revolucionarios. Las fuerzas hacían fuego contra aquel reducto, que pronto fue desmochado por la metralla. Allí murieron varios obreros, que disparaban a cuerpo limpio sus fusiles. Exasperados por estas bajas, los revolucionarios arrojaron contra el banco, que estaba a una distancia de ocho o diez metros, latas de gasolina que entraban por las ventanas. Después lanzaron bombas cubiertas de algodón, también empapadas en gasolina. Al explotar las bombas, se inflamó la gasolina y así se produjo el incendio del edificio, que se propagó a toda la manzana. Las escasas tropas que allí peleaban tuvieron que huir rápidamente. Las llamas prendieron en el uniforme de un guardia, que pereció carbonizado, porque sus compañeros hubieron de abandonarle si querían salvarse.

Esto sucedía el día 10. Las llamas levantaban más de tres metros sobre lo que había sido tejado del banco. Desde San Lázaro la ciudad parecía una inmensa tea. Los incendios eran la única luz en medio de la noche. Tronaba el cañón y sonaban casi sin intermitencias las descargas de los fusiles y las ametralladoras. El tableteo de los disparos, mezclado a las explosiones y los derrumbamientos, producía un baladro tremebundo como si aquello no fuera cosa humana. Un olor denso, donde el de la pólvora y los gases se mezclaba al de las calles, sucias de detritus, de cadáveres sin enterrar, de sangre coagulada, dominaba la atmósfera.

Aquello era la guerra, quizá más horroroso que la guerra, porque faltaba la organización rígida de los ejércitos y todo denunciaba la improvisación trágica, la sorpresa alucinante, el no saber en ningún instante qué es lo que va a ocurrir.

Al día siguiente voló la universidad, no se sabe si por la dinamita de los revolucionarios o por las bombas de los aviones. Una versión dice que una bomba aérea cayó en un laboratorio y produjo el incendio. Otra asegura que fue una explosión casual de la dinamita que los revolucionarios habían acumulado allí. Lo cierto es que la vieja casa donde explicara Clarín sus clases (Clarín y sus antípodas, los profesores del pliegue profesional) cayó entera, convirtiéndose en un confuso montón de piedras y de escombros. Solo quedó en pie, como un símbolo, la estatua del patio, la de su fundador el arzobispo Valdés, gran inquisidor. Al parecer, el fuego era amigo suyo desde los autos de fe y respetó su efigie.

La fábrica de armas de la Vega estuvo sitiada desde los primeros momentos. Los revolucionarios la atacaban con furia, pero los defensores resistían. El día 9, el sargento Vázquez, que dirigía los grupos, suspendió el fuego para organizar el asalto. Las fuerzas tampoco disparaban, aunque veían a los rojos concentrarse para un nuevo ataque. Empezó a decirse entre los revolucionarios que allí dentro ya no había más que cadáveres. Dos de los sitiadores, antiguos obreros de la fábrica, se ofrecieron a penetrar allí para saber el número de los defensores.

Lo hicieron, en efecto. Y además se apoderaron de una ametralladora. Al parecer, los soldados, muertos de cansancio y de fatiga, viendo que los revolucionarios no atacaban se habían echado a dormir en su mayoría. Al día siguiente, muy de mañana, se redobló el esfuerzo, y ya los obreros pudieron llegar a las ventanas del edificio. Al fin, los soldados abandonaron las armas y huyeron por las ventanas posteriores, que dan a la vía del ferrocarril Vasco Asturiano. Algunos ni siquiera pudieron escapar. Fueron recogidos y conducidos al hospital, heridos y hambrientos.

Desde ese momento los revolucionarios tuvieron grandes elementos de combate. Se distribuyeron armas largas, fusiles, mosquetones y rifles. Pero después empezó a escasear la munición, que se había malgastado con la misma liberalidad con que se malgastaban los medicamentos y los víveres. Los mineros creían que España habría caído ya a aquellas horas en poder de los obreros y esperaban de sus camaradas los refuerzos que no llegaron nunca.

Entretanto, se combatía en la calle Uría, en el campo de San Francisco, en la plaza de la Catedral. En una explanada del hospital un grupo revolucionario había emplazado un cañón para bombardear la calle Uría, todavía en poder de las tropas. En el suelo, debajo de unos árboles de abundante ramaje, había más de doscientas granadas del diez y medio. Se había hecho un hoyo para empotrar la máquina. Un metalúrgico iba a hacer el oficio de artillero. Después de colocar el cañón, el artillero preguntó:

—¿Qué hacemos ahora?

—Pues disparar —contestó uno del grupo.

—Pero primero hay que saber dónde están esos mangantes.

—Están por la calle Uría y el campo.

—¡Ah! Entonces haremos un buen tiro…

—Pues ¡fuego! —dijo el artillero.

Cargó el cañón y disparó a cero. Pero la explosión de la granada no se oía. Volvió a disparar y tampoco se oyó nada.

—¿Cómo no se oye la explosión? —preguntó uno.

—Porque no tenemos espoletas.

Era como lanzar una piedra al espacio para que, por casualidad, pudiese darle a un enemigo en la cabeza.

Pero los disparos fueron contestados bien pronto desde el campo de San Francisco con fuego de fusilería y ametralladora. Las balas silbaban sobre sus cabezas. Los revolucionarios, en número de unos cincuenta, se arrimaron a una pared para contestar del mismo modo, mientras el cañón seguía disparando sus tiros ciegos.

Entonces los revolucionarios idearon atacar el campo de San Francisco, desde la esquina de la calle del Marqués de Santa Cruz. Salieron cada uno por su lado y arrastrándose por entre los árboles, se juntaron en el sitio convenido.

Desde allí comenzaron a disparar, pero las fuerzas les dominaban y les causaron numerosos muertos y heridos. Dos revolucionarios intentaron retirar fuera del blanco de las fuerzas a un compañero herido. Al hacerlo, uno de ellos fue alcanzado en la cara de un balazo. La herida no era grave, pero manaba abundante sangre. No obstante, consiguieron sacar al herido. Mientras tanto cayeron heridos dos más. Todos retrocedieron entonces. El de la lesión en la cara se indignó:

—Pero, compañeros, ¿vamos a abandonar la posición? ¡Todos aquí, aunque nos maten!

En un arrebato se llevó una mano a la cara y con su propia sangre se hizo una máscara espantable. Era la imagen viva del horror de la guerra. Él seguía gritando:

—¡Compañeros, aquí todos!

Pero nadie le hacía caso. Una camioneta cargaba a los heridos para conducirlos al hospital. Cuando la camioneta, parada en la esquina de la calle próxima, trepidaba para arrancar, el hombre de la máscara de sangre se desplomó herido nuevamente por un disparo en el pecho. Unos compañeros le recogieron y le estibaron en la camioneta. Esta vez había muerto.

Las fuerzas del campo de San Francisco capturaron a un minero que temerariamente llegó hasta ellas. Con frecuencia sucedía esto... Entre los revolucionarios se suscitaba una especie de emulación, a ver quién era más valiente. Como en las romerías del monte efectúan con frecuencia estos torneos primarios, casi siempre en honor de las muchachas, acostumbradas a que se disparen sus pistolas por ellas, los mineros llevaron a la revolución sus pugilatos de audacia. Alguno batió el récord de la temeridad, pero lo pagó con su vida: aquel que, combatiendo con un grupo de guardias de asalto, en la carretera, se lanzó en una camioneta, sin frenos, arrojando bombas. Inutilizó a la mayor parte de la fuerza, pero pereció en la prueba.

El minero que llegó al reducto de las tropas fue descubierto por un centinela y capturado enseguida. Los guardias le condujeron a presencia de un oficial, que le interrogó. El minero daba muestras de una gran impasibilidad. Contrastaba con la inquietud que se notaba en el pequeño campamento gubernamental.

—¿A qué has venido aquí? —le preguntó el capitán.

—No le voy a mentir —respondió el obrero—. Quería enterarme de cuántos eran ustedes.

—Pero ¿no sabes que te juegas la vida? —repuso el oficial excitado.

—Ya lo sé. Pero también ustedes se la juegan. Ya me vengarán.

El capitán pensó que lo mejor era utilizar el desenfado y la serenidad del minero.

—Ya sé que tenéis muchas armas. Todas las de la Vega. ¿Cuántos sois próximamente?

—Ah, no lo sé. Cada día llegan más para combatir.

—Tenéis cañones, ya lo sé.

—Y ametralladoras.

—¿Cuántos cañones tenéis?

—No lo puedo precisar. Yo sé de tres.

—¿Y ametralladoras? —insistió el oficial, al que se notaba preocupado por aquellas noticias.

—Solo en mi sector hay más de diez. Algunas se las hemos cogido a ustedes.

—Pero los cañones, no sabéis manejarlos.

—Vaya si sabemos. Han venido de Trubia obreros que son mejores artilleros que los de ustedes.

—Bueno, ¿y qué pensáis hacer con Oviedo? Estáis destrozándolo.

—Nosotros lo que queremos es tomarlo. Los del comité dicen que se procure hacer el menor daño posible; pero hay que tomarlo. Y como hay que tomarlo... no le quepa duda de que lo tomaremos, cueste lo que cueste.

—Pero nosotros no os dejaremos.

El revolucionario se encogió de hombros.

—Además, vendrán refuerzos de otras provincias.

El oficial se echó a reír con una risa que quería ser sarcástica:

—En otras provincias... Pero si ha fracasado todo... Si no quedáis más que vosotros. Vosotros tenéis radio. ¿No habéis oído que está todo terminado? En Madrid no hubo más que tiros sueltos.

—Sí. Eso dicen por la radio. Pero para despistar.

—Está bien. Te voy a fusilar inmediatamente.

El minero se le quedó mirando:

—Usted puede hacerlo, porque estoy en su poder, pero no crea que por eso habrá acabado con la revolución.

—Os están engañando. ¿Tú qué te crees que es la revolución?

—Pues la revolución... es una cosa que no acabará, aunque acaben con todos nosotros.

El capitán pateó coléricamente.

—¿No comprendéis que esto es una barbaridad? No tomaréis Oviedo. ¡No lo tomaréis! ¿Lo oyes?

Un grupo de oficiales y guardias oía, unos metros más allá, el extraño diálogo. La situación debía de ser difícil para los defensores. El capitán llamó a dos tenientes y los tres discutieron con viveza durante unos minutos.

El capitán volvió junto al preso y le dijo:

—Mira: te voy a dejar en libertad, porque eres valiente. Pero con la condición de que lleves un recado al comité. Le dices que nuestras noticias son que la revolución ha fracasado en toda España; que lo mejor es que os retiréis sin causar más daño y que nosotros prometemos no ejercer represalias. Esto lo hago bajo mi responsabilidad. Pero es que tengo la convicción de que vuestro comité no sabe lo que sucede en el resto de España. De lo contrario nuestros aviones os aplastarán. Y ahora, puedes marcharte.

El minero, al que habían quitado el fusil, abandonó el recinto y se dirigió, sorteando peligros, al Ayuntamiento, donde estaba reunido el comité, el primero que funcionó con la consigna socialista del U. H. P. Por cierto que en aquel momento los miembros del comité sostenían una violentísima discusión con un líder sindicalista de Gijón, José María Martínez, muerto días después un poco misteriosamente.

Martínez era un hombre alto, de cara roja y ojos inteligentes. Él, luchando con la corriente anarquista de la organización obrera gijonesa, había logrado hacer la Alianza Obrera con socialistas y comunistas. Pedía armas al comité para combatir contra la marinería y la fuerza pública que los había derrotado el día anterior, después del bombardeo del barrio de pescadores. Pero el comité alegaba que no podía desprenderse de armas ni de municiones mientras Oviedo no quedase en poder de los revolucionarios. Todo se precisaba para presionar a los defensores de la ciudad, que seguían resistiendo, a pesar del esfuerzo de los sitiadores. José María Martínez insistía:

—Si no me dais armas, Gijón dará paso a las tropas y acabarán con vosotros.

—Tomado Oviedo —respondía el comité— no hay quien entre en Asturias. Es ya tener una provincia en nuestro poder.

—Una provincia con la puerta abierta. Si no se tienen los puertos, no se tiene nada. En el fondo, lo que se discutía ya entonces era el predominio de los núcleos obreristas en la revolución. Los socialistas consideraban suicida entregarles elementos de lucha a los anarquistas, que en Gijón carecían de todo control.

Martínez se despidió, amenazador:

—Voy a La Felguera y allí encontraré hombres. Si la revolución se pierde, será por vosotros. Pero ya pediremos cuentas.

Cuando el minero enviado por el capitán de San Francisco llegó a presencia del comité, apenas le hicieron caso:

—Bah, bah —dijo uno de los jefes—. Esas son *babayaes*. Lo que quieren es desorientarnos. No les hagáis caso. La revolución está triunfando.

Algunos ocultaron un gesto escéptico, que no le pasó desapercibido al minero. Luego le preguntaron a este detalles acerca de lo que había visto durante su efímera detención. El muchacho dio todas las referencias que le pedían sin ocultar su conversación con el oficial y la preocupación de este ante el armamento de los obreros.

Al día siguiente fue tomado el campo de San Francisco. Grandes núcleos de revolucionarios, con ametralladoras, se lanzaron sobre los defensores. Al mismo tiempo un camión blindado, preparado en la fábrica de Trubia, corría por la calle Uría, vomitando metralla por las aspilleras. Las balas latigueaban entre las ramas, casi desnudas, de los árboles. Los bichos del pequeño parque zoológico, los patos, las palomas, saltaban de aquí para allá, aterrorizados y enloquecidos. Los senderos por donde había paseado Clarín, a caza del paso de La Regenta, estaban cuajados de cascotes y de cápsulas vacías.

El capitán de Asalto, con algunos guardias, cayó prisionero y fue encerrado en el teatro Principado. Por cierto que en el trayecto fue reconocido por el minero que el día anterior había estado en su poder. Ambos se miraron sin decirse nada. En realidad, fue en aquel momento cuando el oficial recibió una contestación a su mensaje. Pero el minero, que era un simple soldado de la revolución, supo agradecer el comportamiento del capitán. Lo hizo de un modo sencillo: contándoselo a los guardias rojos del teatro, que trataron al prisionero con toda la ruda gratitud de que eran capaces.

Conquistado el campo de San Francisco, toda una zona de la capital era del dominio proletario. Desde un edificio llamado la Casa Blanca, se paqueaba constantemente a los revolucionarios. Estos enfilaron la azotea con un cañón y la deshicieron en unos minutos.

El día 12, un comandante de Asalto pretendió reconquistar el Parque. Con menos de un centenar de guardias salió del cuartel de Santa Clara, desplegó a la fuerza rápidamente por la plaza de la Escandalera y salió en dirección al Campo, para atravesar la calle Uría:

—¡Adelante, muchachos!

Pero fue inútil. A los pocos momentos caía herido de un balazo en un pie. Algunos guardias perecieron allí. Las fuerzas tuvieron que regresar al cuartel, con sus muertos y heridos, en medio de un mortífero fuego.

El grueso de las fuerzas gubernamentales combatía desde el cuartel de Pelayo. Hubo jefes heroicos que lucharon desde el primer instante con extraordinaria presencia de ánimo. Pero hubo alguno que cuando se discutía la antigüedad de los presentes para tomar la responsabilidad de la defensa se tumbó en una butaca y declaró:

—No se muere más que una vez. Yo no salgo.

Desde fuera, durante tres días, se asedió el cuartel que dialogaba, por medio de grandes letreros colocados en el tejado, con los aviones. Los obreros lo atacaban incluso con dinamita. Salían a cada momento voluntarios, que arrojaban las bombas o morían bajo el fuego del interior. El día 12, el cuartel, presionado por Dutor, estaba en situación desesperada. Algún aviador que, a pesar del fuego de los sitiadores, llegó allí para dejar víveres, pudo leer en la sábana del tejado este parte angustioso: «Solo tenemos municiones hasta mañana».

Alguien propuso lanzar un camión cargado con dinamita contra el cuartel, a modo de catapulta. Había voluntarios que se comprometían a realizar el plan, aun sabiendo que aquello significaba la muerte. Peña se opuso a aquel recurso extremo, porque además comprendía que ya era tarde. La revolución había fracasado en España.

Donde se combatía con verdadera furia era en la plaza de la Catedral. Peña, a los artilleros del Naranco, les había rogado desde el primer día:

—No tiréis contra la catedral o sería de mal efecto para la revolución.

Pero la catedral se convirtió en posición estratégica de los revolucionarios, para defender el Gobierno Civil. Algún obrero le dijo a Peña:

—Tú no querías tirar contra la catedral. Pero la catedral tira contra nosotros. Hubo que atacarla con fuego de fusilería. Después se utilizó la dinamita. Allí combatía un teniente del ejército, con soldados y fuerza de la Guardia Civil. Habían instalado en las torrecillas de la catedral varias ametralladoras, y así impedían el paso de los revolucionarios que caían sin poder atravesar la explanada. ¿Quién era capaz de pensar entonces que se atacaba un templo del siglo XIII, maravilla del gótico, con sus piedras curtidas por siete siglos de intemperie? Los mineros no sabían arqueología, ni historia, y los eruditos estaban a aquellas horas aterrados en sus sótanos oscuros, mientras tronaba el cañón y tableteaba la ametralladora de la torre. Esa torre, que llevaba siglos presenciando el paso pacífico de las nubes, de los vencejos y de los canónigos; sus piedras son los únicos testigos de los comienzos de la nacionalidad, pues ellas, antes de ser ordenadas por los arquitectos, sintieron el paso del Cid, cuando llegó para casarse con doña Jimena, la hija del conde de Oviedo.

Los revolucionarios solo veían allí una posición enemiga. Sobre las losas de la plaza, que sienten de ordinario el paso tenue de las mujeres ovetenses, se esparcían los cadáveres. La sangre corría hacia las puertas santas en cuyos herrajes rebotaban las balas isócronamente. Fue una bomba lanzada contra los defensores de la catedral la que hizo saltar la pequeña nave de la Cámara Santa, que en el siglo IX había mandado construir Alfonso el Casto para guardar las reliquias cristianas de Palestina y ponerlas a cubierto de los musulmanes. Pero a buen seguro que estas otras piedras ilustres de la Cámara Santa no se intimidaron demasiado con el estruendo de la dinamita. La verdad es que algunas, las más viejas, son contemporáneas de don Ramiro, aquel rey cristiano que para mantenerse en el trono mandaba sacar los ojos a sus adversarios y luego los condenaba a muerte en la hoguera, con todos sus hijos y parientes. La guerra civil y la represión tienen, pues, en Asturias, notorios antecedentes.

VIII. El médico rural

En los hospitales escaseaba el material sanitario y con frecuencia llegaban emisarios de Langreo y de Mieres para que se enviasen elementos de cura. El comité designó a un médico joven para que inspeccionase los servicios. Este médico, tan pronto tuvo noticia de la revolución había bajado del concejo rural, de donde era titular, para tomar parte en ella. Era un muchacho rubio, de aire optimista, que alternaba el manejo del fusil con las curas de urgencia. Había tomado parte en el asalto a la fábrica de armas y se le veía siempre en los sitios de mayor peligro. Pertenecía a la Juventud Socialista y en las remotas aldeas de la montaña, en compañía de un maestro comunista, hacía antes de octubre propaganda marxista. Campesinos que apenas sabían leer y que hasta entonces ignoraban la existencia de Rusia conocían a Lenin y a Stalin y estaban enterados «por lo que dijo el médico» de las reformas soviéticas.

Este médico, Ramón Tol, fue uno de los intelectuales que se batieron en la revolución. Su marxismo era quizá puramente sentimental; pero soñaba con un mundo nuevo y una justicia superior. Cuando encontraba a los aldeanos trabajando la tierra o cuidando el ganado les gritaba:

—¿Sabéis que se va a acabar la renta? Las tierras van a ser vuestras.

Los aldeanos hacían un gesto escéptico, pero en el fondo pensaban que algo raro estaba ocurriendo cuando el médico, un señorito, hablaba de aquel modo. Estos aldeanos le amaban como nadie. Porque el médico no solo les acompañaba al Ayuntamiento y al Juzgado de la villa para arreglarles sus asuntos y reñir, por ellos, con los curiales, sino que no les cobraba las visitas, si bien desaparecía semanas enteras en que se marchaba a la capital. Estos campesinos, después de la revolución, escondieron a Ramón Tol y por el monte, a caballo, le condujeron hasta Galicia, por donde se internó en Portugal.

Pues bien, Ramón Tol fue comisionado por el comité para que inspeccionase los servicios sanitarios. En uno de los automóviles requisados, que conducía un camarada, salió para Langreo, mientras en Oviedo quedaban combatiendo. Tol tenía ya la impresión de que el movimiento estaba en declive, pero animaba a todo el mundo y ponía su propio ejemplo. Llevaba cuatro días sin dormir, el cabello revuelto, la gabardina manchada de sangre y los zapatos sucios de tanto chapotear en el lodo sanguinolento. Aquella mañana empezaban a desertar algunos mineros. El coche cruzó la plaza de El Fontán, desierta, con sus tenderetes derrumbados y sus soportales gélidos. Con el fusil colgado, dos randas se dedicaban a sacar cajas de zapatos de una tienda de calzado, al parecer abandonada.

El médico sacó la cabeza por la ventanilla y les dijo:
—Cómo se lucha, ¿eh?

Los dos ladronzuelos miraron al médico, pero no se dignaron responderle ni interrumpieron por eso su faena.

El chófer los disculpó a medias:

—También los guardias saquean. Si no fuera por lo que se coge por ahí, no había quien luchase.

Tol repuso:

—Pero los marxistas no hacemos eso.

Muchos mineros retornaban a sus casas. Llovía torrencialmente y la carretera era un lodazal. Los obreros paraban el coche para que les transportase. El médico recogió a los dos primeros, que iban maltrechos y desfallecidos. Llevaban ocho días sin descansar. Eran de Sotrondio, y a no ser por aquel automóvil providencial habrían tenido que recorrer un largo trayecto en el que invertirían varias horas de camino. Sin embargo, pensaban volver al frente. Iban a sus casas a reponer fuerzas y regresarían para continuar luchando. Tol les animó y cuando llegó a Sama pidió una ayuda para ellos. Pero no fue posible atenderles. Todos pedían, y los elementos de resistencia se habían agotado.

Ramón Tol buscó al comité y marchó al hospital de la Duro Felguera. En el quirófano un grupo de médicos y practicantes amputaban una pierna a un guardia herido. Los guantes de goma del operador chorreaban sangre.

Allí vio el médico que faltaba material sanitario. Se había desperdiciado el yodo y la gasa; faltaban camas y alimentos especiales. Los revolucionarios no habían contado con aquel número de heridos de una y otra parte. Tol hizo una lista de las necesidades de aquel hospital y prometió enviarlo, no muy seguro de que en Oviedo encontrase lo suficiente.

En Mieres ocurría lo propio. Pero allí la indigencia del hospital de sangre ponía terror en el ánimo más templado. Tol comprendió que sería imposible atender a las demandas de aquellos comités, y comprobó, una vez más, que no se habían previsto una serie de necesidades primordiales de la lucha.

Tuvieron que volver a Sama para conducir a un herido grave al que no había modo de operar en Mieres. Pero cuando Tol quiso regresar con su coche a Oviedo le dijeron que lo hiciera por «el Berrón». Las demás carreteras no ofrecían seguridad. Esta la habían cortado los revolucionarios, tumbando frondosos árboles a lo largo del camino y deshaciendo con dinamita algunos muros de contención. Los árboles habían sido descuajados con un paquete de dinamita atado al tronco. No era cosa de gastar tiempo. Como los hombres andaban escasos, concentrados en el frente de combate, se había decidido colocar árboles en vez de centinelas.

Apenas llegados a la parte cortada de la carretera, el automóvil de Tol fue detenido:

—¡Alto! —dijo una voz imperiosa.

—¡U. H. P.!

Los guardias rojos revisaron el volante de circulación y empezaron a poner tablones para atravesar la gran zanja de varios metros de profundidad. El chófer se resistía a pasar por aquel puente improvisado; pero el médico lo hostigó:

—¿No tienes miedo a las balas y vas a tener miedo a pasar por donde pasan los demás? Por fin, el automóvil se puso en franquía y emprendió velozmente la marcha hacia Oviedo. Pero he aquí que de repente apareció volando, relativamente bajo, un avión militar que, al divisar el automóvil, lanzó una bomba con el propósito de destrozarlo. La metralla no logró alcanzar el coche. Pero inmediatamente el avión se disponía a disparar de nuevo. El chófer entonces lanzó el coche a un castañar y los viajeros saltaron de él para refugiarse al pie de un grueso castaño. Los cascotes de la segunda bomba se clavaron en el castaño inmediato.

Ramón Tol lamentaba no haber traído el fusil para disparar contra el aeroplano. Hizo fuego, sin embargo, con su pistola, aun sabiendo que era totalmente ineficaz.

«Por lo menos —pensó para sí—, cumplo mi deber de agredir al enemigo, aunque sea infructuosamente.»

Al entrar por la calle Uría dos centinelas armados detuvieron el coche. Tol dio la consigna:

—¡U. H. P.!

Uno de los muchachos se echó a reír:

—No es esa la consigna, camarada. Eso era esta mañana.

—Es la que me dio el comité. No sé de otra.

—Pues ese comité se marchó y andan buscándolo. No tenemos más remedio que detenerte.

—¡Pero si yo soy socialista! Vengo de inspeccionar los hospitales, por orden del comité.

—Mira; vamos a llevarte al chalet de Herrero. Allí te entenderás con los dirigentes.

Uno de los centinelas montó en el coche y ordenó al chófer que siguiese a la plazuela de San Miguel. Allí, en la casa del banquero Herrero, estaba reunido el nuevo comité, compuesto por comunistas.

—Bien —dijo el presidente—, este camarada es conocido. Y luego, dirigiéndose a Tol, le dijo:

—Supongo que te pondrás a las órdenes del nuevo comité.

—Yo —dijo el médico— estoy a las órdenes de la revolución.

—Pues coge un fusil.

—Perfectamente. Pero el otro comité me había encargado la inspección de los hospitales.

—Bueno. Ese comité ya no pinta nada.

—Es que en Sama y en Mieres se carece de lo más necesario.

—No se puede hacer nada, camarada. Ahora se trata de conquistar Oviedo y proclamar la República de Obreros y Campesinos en Asturias.

IX. Prisioneros y fugitivos

Los prisioneros habían sido recluidos en diferentes sitios. Los depósitos principales estaban en el teatro del Principado, la universidad y el instituto. No hubo órdenes de detención contra nadie. Los detenidos lo fueron espontáneamente por los obreros, o capturados en medio de la lucha. Los revolucionarios los llevaban al Ayuntamiento y allí el comité autorizaba su detención. Había sacerdotes, magistrados, el director de un banco, unos militares de la fábrica de la Vega. Teodomiro Menéndez, que el primer día había estado en el Ayuntamiento, se interesó por los presos. El comité le prometió respetarlos. Alguno, es verdad, fue fusilado por las turbas, donde la venganza personal aleteaba oscuramente explotando el impulso ciego de los combatientes.

El director del banco fue detenido en un momento grave. Un avión, surgiendo de repente sobre la plaza del Ayuntamiento, cuajada de revolucionarios, arrojó dos bombas de gran potencia y huyó después sin dar lugar a la respuesta de los tiradores. El pánico y la confusión que aquello produjo son indescriptibles. Algunos de los presentes saltaron hechos pedazos. Miembros descuajados, cráneos rotos, pellas de carne sanguinolenta contra las columnas de los soportales. Muchos hombres huían horrorizados y otros, pálidos, se apelotonaban en el portal de las Consistoriales, temerosos de que surgiesen nuevas explosiones. Pasados algunos minutos, los revolucionarios se rehicieron y, comentando el suceso, volvieron a reunirse en grupos bajo los soportales. Aquel hecho fue tan espantoso que un vocal del comité tuvo que bajar a dirigir la palabra a los compañeros. Había que redoblar el esfuerzo para apoderarse de Oviedo. En unas proclamas que después se publicaron se anunciaba el auxilio inminente de los revolucionarios del resto de España para evitar la acción de los aeroplanos.

—¡Si nosotros tuviéramos aviones! —se oía decir a los rojos con insistencia. Aquella mañana, después del bombardeo, fue detenido el director de un banco.

Cuando le llevaban al Ayuntamiento, un jefe de escuadra le increpó:

—¡Son unos bandidos! ¡No cumplen los tratados internacionales!

El detenido no comprendía bien la relación que establecía aquel revolucionario entre la política internacional y lo que estaba ocurriendo en Oviedo. Pero después dedujo que, al parecer, las bombas aéreas caían también sobre los hospitalizados y sobre la población pacífica.

A pesar de que la irritación de los rojos era evidente, el comité se condujo sin violencia ni nerviosismo con el prisionero. Mandó que lo recluyesen en el Instituto y que le tratasen con consideración.

En una de las clases estaban los prisioneros. No tenían camas, ni mantas, porque los colchones había que utilizarlos como parapeto, para combatir. En las puertas vigilaban dos guardias rojos. Dos veces al día se les traían conservas y un poco de pan. La verdad es que los últimos días faltó la alimentación y solo comieron los presos algunas galletas. Pero no comían mucho más los combatientes.

Una tarde el director del banco fue llamado enérgicamente:

—¡Ciudadano, a declarar!

Los demás prisioneros creyeron que empezaban los fusilamientos. Con los ojos enrojecidos por el llanto, despedían a la presunta víctima. Uno de los sacerdotes presos le bendijo. Cuando salió el banquero, todos quedaron silenciosos, rezando in mente.

El banquero, lívido, salió detrás del hombre que le reclamaba, el cual le condujo a otra estancia donde estaba el jefe de la prisión, un socialista ovetense que el banquero conocía de vista. Sobre la mesa había una gran jarra de leche y una caja de galletas.

—Siéntese, don Nicanor. Vamos a tomar algo.

Don Nicanor pensó para sus adentros que, condenado a muerte, se le darían las últimas viandas. No fue una broma su contestación.

—Le advierto que estoy desganado...

—¿A pesar de llevar dos días sin comida? ¡Siéntese, *home*, siéntese! Si nosotros *non* somos tan malos como dicen.

El banquero se sentó, un poco más dueño de sí. Realmente, no creía que los rojos llegasen al refinamiento de convidar a los presuntos fusilados.

—Pues esta mañana —siguió diciendo el improvisado alcalde— trajéronme estas galletas unos rapaces de

Sama, y yo dije: «Pues voy a convidar a don Nicanor, que el *probin* debe estar pasándolas negras».

—Entonces ¿no me llamaba para declarar?

—No, *home*, no. Esa *ye* la fórmula.

Al banquero le había entrado de repente un apetito atroz. Se lanzó sobre las galletas y alternándolas con grandes tragos de leche no daba paz a la boca.

El carcelero le miraba complacido y consideró necesario exhortarle a aceptar el nuevo estado de cosas:

—Nosotros necesitamos intelectuales, don Nicanor. Usted tiene que venir con nosotros.

—Pero si yo no sé más que cosas de banca, y ustedes van a abolir el dinero.

—Bueno; eso ya lo veremos.

—Además, yo creo que ustedes fracasan. Es muy difícil organizar de nuevo una sociedad.

—No lo crea, don Nicanor. Mire usted lo que pasa en Rusia.

El banquero no consideró prudente continuar en aquellas circunstancias una discusión que podría ser demasiado peligrosa. Calmada su hambre, recordó la de los compañeros de prisión:

—¡Caramba! Me gustaría llevarles algo a los demás presos.

—*Non* se apure, que ahora mandaré lo que queda para que se lo repartan.

—Tome ahora un cigarro, don Nicanor —dijo alargándole un espléndido cigarro habano—. Eso teníalo reservado para usted.

Cuando el banquero retornó al lado de sus compañeros, le recibieron llenos de ansiedad. Él iba lanzando bocanadas de humo, casi feliz.

—Pero ¿qué ha pasado, don Nicanor? —le interrogó el sacerdote—. ¿Ya no nos fusilan?

—No, hombre, no. A mí me han convidado suculentamente. Y me han dado un puro.

Entre los presos la alegría era extraordinaria. Pasaban de la antesala de la desesperación a la del paraíso.

—¡Gracias a Dios! ¡Gracias a Dios! —gemía el sacerdote—. Dios no nos abandona. El banquero describió la entrevista, y añadió un poco presuntuosamente:

—Además, me han pedido mi colaboración para el nuevo régimen. Va a ser cosa de pensarlo. Porque, a última hora, uno es un técnico.

Cuando los presos supieron que se les preparaba algún alimento, paseaban impacientes de un lado a otro. La tranquilidad les había despertado el apetito. En medio de todo —pensaban— estos comunistas son unos buenos chicos.

Por fin, llegó la caja de galletas, la leche y una botella de vino blanco. A los pocos minutos las viandas se habían agotado, distribuidas equitativamente por don Nicanor, entre los prisioneros.

Las escenas más patéticas ocurrieron entre los fugitivos: los que tenían que huir de sus casas, incendiadas y deshechas por la dinamita. Familias enteras cargadas con pequeñas maletas, donde habían colocado lo más indispensable, emprendían el éxodo por la ciudad, en busca de refugio. Como era arriesgadísimo atravesar las calles, estos hogares transeúntes cruzaban patios y solares con su impedimenta de niños y enseres. A veces, era preciso horadar la pared de una casa para pasar a otra y así sucesivamente. Hubo familia que atravesó siete medianerías, empujada por el incendio y el tiroteo. Con hachas, cuchillos, martillos y ganchos de cocina, los inquilinos abrían las brechas salvadoras. A veces, abrían el camino de la sepultura, pues hubo quien ahí cayó víctima de la lucha entablada en la calle.

No era raro encontrar en aquellas mañanas lívidas, en los portales de algunas casas alejadas de los lugares de la contienda, una familia de funcionario, de artesano, de empleado, que tiritaba allí de hambre y de frío, sin saber qué hacer, después de haber pasado en aquel sitio una terrible noche cargada de explosiones e iluminada por las hogueras cercanas.

Una de estas familias tuvo que evacuar la casa con una anciana enferma. La llevaban en una butaca, bajo la lluvia, sin saber adónde dirigirse. Unos guardias rojos que tropezaron con la extraña expedición los condujeron a todos al hospital. Pero la impresión que recibió la anciana al entrar en la gran sala, llena de heridos, fue de tal naturaleza que falleció antes de ser colocada en una cama. Cuando el médico de guardia acudió para atenderla, dijo:

—Aquí no traen ustedes más que un cadáver.

Otras veces, los revolucionarios se encontraban en los quicios de las puertas con unos hombres aterrados, perdidos, a quienes interrogaban con premura:

—¿Usted qué hace aquí?

—Es que se me ha quemado la casa y no sé adónde ir.

—Pero ¿usted con quién está? ¿Con el Gobierno o con la Revolución?

—Pues yo... Mire usted... Yo estoy con ustedes.

—Pues ¡hale!, a coger un fusil.

Le empujaban hacia la línea de fuego, y si el hombre no lograba huir antes de llegar al cuartel general, tenía que tomar un arma y pelear por el marxismo.

El magistrado Suárez se había escondido en una casa próxima a la suya, en compañía de su esposa. A media mañana, cuando rezaban todos el rosario, llegó un pelotón de revolucionarios, con gran estrépito de culatas y gritos.

—¡A ver! ¿Quién vive en esta casa?

Todos los vecinos fueron diciendo sus nombres. Cuando le tocó el turno al magistrado, un revolucionario le señaló:

—Este es fascista.

El magistrado, temblando, dijo:

—No; no, señor. No soy fascista.

—Estuvo en lo de agosto —gritó otro.

De pronto, uno de los revolucionarios disparó su pistola contra él:

—Toma, para que no mientas.

La esposa del magistrado, enloquecida, se arrojó a abrazar a su marido que se derrumbaba. Le alcanzó en un brazo el segundo disparo del agresor, que salió después guardándose tranquilamente el arma. En la estancia solo se oían las palabras y los ayes de dolor de la pobre mujer que se desangraba. Los demás vecinos, aterrorizados, se acurrucaban en un rincón. Solo cuando salió el pelotón revolucionario llevándose a la herida hacia el hospital, se atrevieron a acercarse al cadáver.

X. En los pueblos

Que el movimiento fue solamente una sublevación de mineros, apenas controlada por las organizaciones obreras, se advierte por la débil repercusión que tuvo en otros pueblos de Asturias, incluso Gijón y Avilés. En Gijón, alentados por José María Martínez, antiguo anarquista, se sublevaron los pescadores de Cimadevilla y los obreros de El Llano. Cimadevilla es un barrio del antiguo Gijón, apretado en un promontorio sobre la dársena. Aquellas gentes forman un núcleo social aparte, odian a los señoritos y cuando pasan por la calle Corrida, los hombres con sus trajes de mahón y sus botas de aguas, y las mujeres con sus cestas de pescado y su charla pintoresca e insolente, los paseantes se apartan temerosos. Hay siempre en Cimadevilla un fermento revolucionario.

Pero en octubre apenas tenían armas. Pelearon en la plaza del Ayuntamiento infructuosamente. Cuando apareció frente al barrio el crucero Libertad y arrojó las primeras granadas, los pescadores huían hacia el interior, hacia los barrios obreros, con sus mujeres y sus hijos.

El mayor contingente de obrerismo industrial lo dan El Llano y La Calzada. Aquellos proletarios han sostenido huelgas heroicas y no se han detenido cuando fue preciso en el camino de la violencia. El sindicalismo español ha librado en Gijón batallas reñidísimas, si bien el motín ha predominado siempre sobre la lucha organizada. Esta vez, a pesar de los esfuerzos de José María Martínez, el sindicalismo gijonés quedó fuera de la Alianza Obrera. Aquellos anarquistas no olvidaban las discrepancias que les habían separado siempre del socialismo, recrudecidas en plena República. Por eso el octubre gijonés fue un débil estallido popular, del cual estaba ausente el sector más violento del proletariado, que vive la utopía del comunismo libertario, pero es incapaz de encuadrarse en una disciplina revolucionaria. Hubo un momento en que la rebeldía ingénita de las masas y la atracción que sobre ellas ejercen las batallas de clase estuvieron a punto de prender en los huelguistas. Pero la verdad es que carecían de armamento suficiente y que, además, ya la marinería del buque de guerra había desembarcado, sin que se confirmasen los rumores de sedición.

Las fuerzas dominaron fácilmente Cimadevilla y batieron sin grandes pérdidas los pequeños grupos revolucionarios que combatían en El Llano. Algunos obreros quedaron muertos en encuentros aislados. Martínez, el líder, que había tenido violentas disputas con los comités, apareció días después muerto en la carretera, con un fusil al lado.

En Avilés los obreros coparon los puestos de la Guardia Civil, tomaron el Ayuntamiento y combatieron en contacto con los revolucionarios de Trubia. A Trubia fue conducido Pedregal, político melquiadista que fue encerrado en una fonda sin que sufriese otro ataque que el de una ligera flebitis. Los mismos grupos de Avilés volaron un buque, con dinamita, en San Juan de Nieva, para obstruir el paso del puerto a posibles fuerzas llegadas por vía marítima.

En general, en los pueblos rurales apenas repercutió la revolución. En Llanera la lucha fue dura. Pero en Grado y Salas, donde los socialistas locales se apoderaron del mando y practicaron algunas requisas, la cosa no pasó de un simulacro de revolución. A los comités locales les parecía indispensable detener al cura y al cacique, penetrar en la sala del Ayuntamiento y ordenar el cierre de comercios, después de apoderarse de algún aparato de radio para estar al tanto de lo que pasaba, y de algún automóvil que llevase al comité a Oviedo.

Las escenas eran casi las mismas en todos estos pueblos. Como los guardias se habían concentrado en la capital, no quedaba más fuerza pública que los guardias municipales. El grupo de revoltosos llamaba en casa del alcalde:

—¿Está don Arturo?

Salía la señora, temblando:

—Pues... no está. Ha salido muy temprano.

Entonces uno de los agitadores, el de más carácter, insistía:

—Bueno, bueno. Dígale que salga, que aquí no nos comemos a nadie...

El alcalde, que, además, con frecuencia era de la izquierda, aparecía más amable que de ordinario:

—Pero ¿qué pasa? A mi mujer le ha entrado miedo y no quería que saliese.

—Sí. He oído decir que en Oviedo... Oficialmente yo no sé nada ¿eh?

—Pues aquí... Ya ve usted... No tenemos más remedio. Cumplimos órdenes del comité. Tiene usted que entregarnos la alcaldía...

—Hombre... Eso de entregar... Podéis fracasar y entonces ¿qué pasa? Un alcalde tiene que mirar lo que hace.

—Pues nosotros necesitamos el Ayuntamiento.

—Bueno; eso es otra cosa. Vosotros vais allí y yo no aparezco... Así no se compromete a nadie.

Se dirigían en tropel al Ayuntamiento y allí se instalaban durante algunos momentos. Pero como había que hacer algo revolucionario, un grupo marchaba a casa del cura, que acababa de llegar de decir misa y conversar con las mujerucas madrugadoras. A los revoltosos ya los conocía el párroco. Eran los díscolos del pueblo, los ateos, los «socialistas». El sacerdote, con su bonete deslustrado, les recibía un poco alterado:

—Pero ¿qué pasa, muchachos?

—Pues que ha estallado la revolución, don Federo.

—Bueno, bueno. ¿Y qué queréis de mí?

—Pues sabrá usted que nos hemos apoderado del Ayuntamiento y somos los dueños del pueblo. Queremos que usted cierre la iglesia.

—¿Y por qué? Por eso no se perjudica la revolución...

El marxista del pueblo intervenía:

—Sabrá usted que es una revolución como la de Rusia. «La religión es el opio del pueblo.»

—¡Válgame Dios, y cómo os estropean el juicio los diarios! La religión es necesaria.

—*Pa* ustedes —intervenía uno del grupo.

—Bien, bien. No quiero discutir.
—Usted tiene que venir con nosotros al Ayuntamiento.
—¿Es que voy preso?
—Hombre, tanto como preso, don Federo... Allí estará el comité.

El cura era conducido al Ayuntamiento y allí pasaba el día, hasta que por la noche le autorizaban a regresar a la Rectoral. Mientras tanto, los grupos se armaban de escopetas y pistolas y recorrían las calles desiertas.

En la plaza se había reunido el pueblo que comentaba las noticias de la capital, y sobre todo los acontecimientos locales, rodeados allí de una importancia mucho mayor que las batallas que a aquellas horas se libraban en Oviedo y Campomanes.

El tercer día del movimiento, cuando llegó la noticia de que había sido tomada la fábrica de la Vega, la gran victoria revolucionaria, en algunos pueblos quisieron asaltar las tiendas y las casas de los propietarios. Los comités se vieron muy comprometidos para calmar a los grupos, y hasta se dispusieron algunas requisas de géneros en los comercios previas unas notas firmadas por el comité local para garantía de los comerciantes. Unas cuantas prendas y algunos víveres bastaron para pacificar a los más exaltados.

Cuando se supo que las fuerzas habían entrado en Oviedo y que podía darse por derrotada la revolución, el pánico entre los revoltosos de algunos pueblos fue extraordinario. Se arrojaron todas las armas al río y los más comprometidos huyeron. Al mismo tiempo, aparecían otra vez en las calles las llamadas gentes de orden, que durante los sucesos habían permanecido en sus casas temerosas de las represalias populares. Los respetables señores del Casino, ocultos y temblorosos durante una semana, volvían a sus butacas, insultando a los vecinos y tejiendo la tela de las delaciones y las venganzas.

XI. La fuga de los comités

La deserción del primer comité que funcionaba en Oviedo se efectuó el día 12. Peña conocía la derrota de la revolución en el resto de España y consideraba prudente la retirada de la fuerza que luchaba en condiciones de desventaja a causa del bombardeo aéreo.

Estos argumentos pesaban en el ánimo de los dirigentes, casi todos amigos de Peña. Pero no se atrevían a plantear la cuestión en el seno del comité, donde existían grandes discrepancias con los comunistas. El primer conflicto interno se produjo cuando los comunistas de Turón, por indicación de un miembro del comité de Mieres, anunció por medio de una emisora de radio clandestina, que funcionaba en aquel pueblo, la proclamación de la República Obrera y Campesina de Asturias. En aquel acto, los socialistas vieron el propósito de los comunistas de apoderarse del movimiento.

Nadie se atrevía en realidad a detener el ímpetu de aquella masa armada, a la que se había hecho creer que la revolución constituía el fin de sus dolores y sus miserias. Verdad es que ya empezaba a decaer el entusiasmo de algunos combatientes, sorprendidos de la resistencia de la fuerza pública; sobre todo, les amilanaba la acción de los aeroplanos, contra la cual no tenían medios de combate, ni siquiera de resistencia, los revolucionarios.

En la última conversación que tuvo Peña con sus amigos de Mieres, declaró terminantemente que él abandonaba la lucha. Lo hizo así. Preparó con otros amigos un automóvil y huyó de Oviedo. Aquel mismo día entraba la columna de López Ochoa en la capital. Los miembros socialistas del comité, ante esta decisión del que consideraban el hombre más representativo del movimiento, se fugaron también. Quedó solo un comunista, que decidió inmediatamente convocar a una reunión a todos los jefes de grupo. Estos, comunistas en su mayoría, llenos de ira por la huida de los dirigentes, decidieron continuar la lucha.

—¡Lucharemos hasta morir! —gritaban.

—¡La revolución ha sido traicionada!

—¡Hay que buscarlos y fusilarlos!

Inmediatamente se constituyó un segundo comité, compuesto exclusivamente por comunistas, cinco muchachos jóvenes y otros dos obreros de alguna edad, que decidieron continuar combatiendo. Este comité se trasladó a un lujoso chalet del marqués de Aledo, en la plazuela de San Miguel, ocupado desde el primer momento por los revolucionarios. Las ricas alfombras de Herrero eran holladas por primera vez por los zapatos de los mineros, que arrastraban pellas de lodo y de sangre. El hall estaba lleno de fusiles y de cajas de municiones. Sobre las mesas y las butacas se mezclaban las armas y las prendas de los combatientes. Montones de proclamas se esparcían por el piso y salían hasta el jardín enarenado. Un entrar y salir constante de hombres que pedían armas, y de mujeres que buscaban los vales de los víveres, daban al chalet aire de improvisado campamento.

Lo primero que hizo el comité fue acordar que compareciese Teodomiro Menéndez, como socialista significado. La excitación de los obreros era tal en aquellos momentos que muchos hablaban de la necesidad de fusilarlo. Un comunista se opuso:

—Teodomiro no ha estado nunca con la revolución. Pero no ha engañado a nadie. Él no puede cargar con culpas ajenas.

Prevaleció el criterio de que compareciese para notificarle la fuga de sus compañeros. Dos obreros armados fueron a buscarle por encargo del comité.

—Si no quiere venir —dijo el presidente— me lo traéis a la fuerza.

Media hora después apareció Teodomiro, en medio de los guardias rojos. Cuando estuvo en presencia del nuevo comité, un poco pálido y excitado, protestó:

—Me habéis mandado a buscar con gente armada, como a un enemigo. No me explico este trato, camaradas.

Entre los miembros del comité se armó un gran barullo:

—¿No sabes que se han escapado todos tus compañeros? Habéis traicionado a la revolución.

—Nos habéis engañado —rugía otro.

—La revolución no está vencida —gritaba el que parecía más sereno.

Teodomiro Menéndez exclamó:

—Ya me diréis cuándo puedo hablar.

—Habla —dijo el que ejercía la función de presidente—. Pero ten en cuenta que van a exigirse responsabilidades.

—Parece imposible —empezó diciendo Teodomiro— que quien lleva cerca de cuarenta años de militante, defendiendo a los trabajadores, reciba de vosotros un trato tan injusto. Estoy sufriendo los mayores dolores de mi vida. No sé si sabréis que mi mujer está gravemente enferma, y que a los desastres de estos días se añade para mí la terrible pena de ver cómo mi compañera puede morirse de un momento a otro. Compañeros, sabéis de sobra que he sido opuesto a la revolución; que desde el primer día la doy por fracasada...

—Estás equivocado —le interrumpió alguien ajeno al comité.

—Eso es de cobardes —murmuró otro.

—¡Silencio! —gritó el presidente—. Es preciso oír. El camarada habla sinceramente. Lo que no aguantaríamos es que mintiese.

—Comprenderéis, camaradas —siguió diciendo Teodomiro—, que por no engañar a nadie dejé de sumarme a ella. Yo creo que con los elementos que tiene el gobierno, mientras no se levante España entera, no hay triunfo posible.

—Madrid se ha sublevado —dijo uno.

—No es cierto. Desgraciadamente, las noticias de la radio son auténticas. En Barcelona se ha rendido la Generalidad y en Madrid no hubo más que tiros sueltos. No hay que hacerse ilusiones. La revolución está vencida. Prolongar la lucha es aumentar la catástrofe.

—Camarada —declaró el presidente—, a ti no te hemos llamado para que des consejos. La lucha seguirá, porque los obreros quieren continuar. A ti te hemos llamado para notificarte que ante la huida de tus compañeros socialistas, que formaban parte del comité, se ha constituido otro que toma la responsabilidad del movimiento. Te lo comunico para que el día de mañana cada uno quede en su lugar.

—Bien. Me doy por enterado. Pero permitidme que os diga que, a mi juicio, mis compañeros no podían hacer otra cosa.

—¡Son unos traidores! —exclamó alguien.

—Y además —insistió el presidente— se ha dado orden de detención contra ellos. Tendrán que responder de su fuga ante el Tribunal revolucionario.

—¿No permitís, en nombre de nuestros ideales, que insista en lo que creo un deber?

—No puede ser, camarada. Estamos decididos a continuar...

En aquel momento entró en la estancia un revolucionario dando grandes voces:

—Ha entrado una columna en el cuartel de Rubín. Llegó por la carretera de Avilés.

Todos se levantaron. Los que no tenían armas las cogían en medio de una gran confusión:

—¡Hay que morir matando! —decía uno.

—¡Atacaremos con dinamita! ¡A ver, llamad a los de Turón, que vengan a vernos! —dispuso el presidente del comité.

A Teodomiro ya no le hacían caso:

—¿Puedo volver a mi casa? —preguntó al presidente.

—Puedes volver. La consigna ahora es T. R. S. («Trabajadores rojos, salud»). Te lo digo por si te detienen.

Mientras los revolucionarios discutían a gritos y se oía un estruendo de armas y de muebles, mezclado con blasfemias y amenazas, Teodomiro Menéndez, líder durante muchos años de los trabajadores asturianos, bajaba derrotado y triste hacia su casa. Pensaba, sin duda, que todo se había perdido; que los sueños esparcidos a través de tantas campañas generosas y entusiastas habían dado solo una cosecha de decepción y de sangre. Él no huía; en su corazón humanitario y sentimental mandaban más los afectos que los intereses de la revolución. Comprendía que su obra había terminado entonces, y no le importaba que acabase también su poder sobre las masas. El suyo era el fracaso de un socialismo que quiso reformar el mundo por la palabra, instrumento demasiado frágil en un ambiente de violencias. El que durante muchos años quiso la salvación de los parias, en aquel momento, mientras tronaban las explosiones y silbaban las balas de las ametralladoras enloquecidas, solo pedía la salvación de su compañera de siempre, de aquella mujer humilde y laboriosa que ahora respiraba dificultosamente en el lecho, con los ojos semicerrados por la fiebre.

XII. Momentos difíciles

Desde aquel momento el desorden y la confusión predominó en el campo revolucionario, a pesar de las órdenes tajantes del nuevo comité y del arrojo de que daban prueba todavía muchos revolucionarios.

López Ochoa había entrado por sorpresa con su columna por la carretera de la costa, recogiendo algunos puestos de la Guardia Civil que llevaban sitiados muchos días, y sometiendo fácilmente a los revolucionarios, desde Salas a Lugones. Por cierto, que cuando se presentó ante el cuartel de Rubín, las tropas que allí resistían les hicieron fuego creyéndolas enemigas. Ya en el cuartel, el general organizó la reconquista de Oviedo. Pero no puede decirse que la ciudad quedase en su poder inmediatamente. Hubo que luchar, y solo cuando las tropas del Tercio y Regulares llegaron, fueron rechazados los revolucionarios hasta retirarse a los pueblos de la cuenca.

El segundo comité no presidió más que anarquía y represalia. Ante la noticia de que habían entrado tropas se recrudecieron los saqueos y la indisciplina. Las patrullas que llegaban a los prostíbulos de la Puerta Nueva allí se quedaban. Las mujeres temblaban, apelotonadas en la cocina, pero los mineros las sacaban de allí y les hacían bailar, jaleándolas con las manos, llevando el compás con las culatas de los fusiles. De una taberna próxima llevaron cajas de vino y de cerveza, y bajo el ruido de los disparos se oían los cantares de los borrachos, más tristes en la noche del Oviedo en ruinas. Las muchachas tenían miedo y hambre y sobre las rodillas de los revolucionarios no temblaban de pasión sino de pánico. Había una que era de Langreo y preguntaba ansiosamente por sus hermanos, que sin duda habrían estado combatiendo desde el primer día. Pero nadie le daba razón de ellos. Un minero la consolaba:

—No te preocupes, guapina. Si están en el hospital, allí no hay tiros; y si murieron, mejor *pa* ellos.

Algunos bailaban con el fusil colgado, rodeada la cintura por las cartucheras quitadas a los guardias muertos.

Se veía que necesitaban aturdirse y que después de una semana de combate, respirando pólvora y sangre, con el presentimiento de la derrota inminente, habían entrado en la vía muerta de una extraña desesperación. Todas sus palabras rezumaban sarcasmo, bebían sin ton ni son, mojándose las manos que les ardían con el calor de las armas recalentadas por los disparos. A la luz de las velas, que estampaban en las paredes sombras vivientes, aquella juerga sombría y forzada era lo más triste de la revolución. Todos bebieron de tal modo que de madrugada estaban enfermos o inconscientes. Dominados por el cansancio, fueron cayendo, uno aquí y otro allá, en la escalera, en el comedor, en los cuartos de la casa. La madrugada turbia, cenicienta, horrible, encontró amontonados aquellos falsos cadáveres que permanecieron allí muchas horas, mientras caían en las calles otros combatientes para no levantarse más.

Algunos de los miembros del primer comité fueron capturados el mismo día de su fuga. El segundo comité deliberó acerca de la pena en que habían incurrido. Había quien proponía fusilarlos. Al fin, se impuso el criterio más benévolo y se les perdonó, con tal de que tomaran las armas para combatir. A las órdenes inmediatas de los jefes de escuadra, los antiguos dirigentes pelearon en vanguardia contra las tropas del general López Ochoa.

En realidad, al segundo comité nadie lo obedecía. Los revolucionarios actuaban por su cuenta y toda iniciativa, cuanto más temeraria y extremada que fuese, era bien recibida por los grupos. Había empezado, si así puede decirse, el periodo del terror, porque si bien la dinamita había sido usada desde el primer momento, siempre respondió a ciertas exigencias del combate. Ahora se utilizaba sin objetivo concreto, por el simple afán de destruir. La revolución había enloquecido y se lanzaba vertiginosamente hacia el caos.

¿Qué iba a pasar? Ramón Tol, el médico que ya conocen nuestros lectores, que alternaba la cura de heridos con la lucha activa, empezó a notar que entre los combatientes tomaba cuerpo la idea de destruir la ciudad. Ya que no se podía vencer, y las fuerzas del gobierno avanzaban sobre Oviedo, que no encontrasen más que escombros. Aquella idea neroniana no la sustentaba nadie en particular; pero tenía ya una existencia difusa entre los revolucionarios. El médico, aterrado ante tal propósito, acudió a la casa donde actuaba el comité y expuso a este sus temores. La verdad es que se encontró con unos hombres vacilantes, nerviosos, que no parecían ser los mismos de la víspera, cuando se encargaron tan gallardamente de la dirección del movimiento.

—Yo creo —dijo Ramón Tol— que debéis reunir a los jefes de grupo y ordenarles que no consientan siquiera que se hable de eso.

—Pero ¡si no hacen ningún caso! Están obrando por su cuenta. El movimiento se nos va de las manos —confesó el presidente preocupado.

—Pues hay que tomar alguna medida —repuso el médico—. Si se lleva a efecto lo que dicen, no solo sería un acto de barbarie, sino que desacreditaríamos nuestra revolución.

—Tienes razón, camarada. Pero ¿estás seguro de que se habla de eso?

—Segurísimo. Lo he oído a varios en menos de una hora.

—Pues hay que hablar con los jefes de grupo. No queda otro remedio.

—Es que les llamamos y no vienen —dijo otro del comité.

—Mira —declaró un tercero—, lo mejor es dejar esto. Que ellos se las entiendan.

Ramón Tol creyó que aquella proposición levantaría un tumulto de protestas; pero vio con asombro que los demás se callaban, como si meditasen o estuviesen de antemano conformes. El temor y la decepción se habían apoderado también del segundo comité. Se veía que carecía de autoridad, de iniciativa y de energía. Entonces Tol exigió que el presidente le acompañase para entrevistarse con algunos jefes de grupo. Por el camino, aquél se lamentaba con el médico:

—Esto ha nacido sin cabeza, camarada. No sé cómo vamos a salir. Tengo la impresión de que tenía razón Teodomiro: nos han dejado solos; fuera de aquí no pelea nadie.

—Pues propongan la retirada —dijo Tol, convencido de que tenían razón.

—¿Y quién se atreve a proponer semejante cosa? Dirían que estábamos vendidos. El otro día un jefe de escuadra me puso la pistola al pecho porque le dije que no permitía saqueos.

—Pues es un problema que hay que plantear.

El médico y el presidente se dirigieron a la estación del Norte, donde estaban las avanzadas revolucionarias. Hablaron con algunos jefes de grupo que apenas daban importancia al asunto. Uno de ellos aseguró:

—Todavía triunfaremos, camaradas. No hay que apurarse. Las tropas se metieron en el cuartel y no se atreven a salir.

—Pero volar Oviedo sería una barbaridad —dijo el médico.

—Si no es *pa* nosotros, camarada, que no sea *pa* nadie.

Fueron a San Lázaro, donde estaba emplazado un cañón, y allí nadie quiso oír nada de comités, ni de dirigentes:

—Creo que los comités se escaparon. Bueno, pues nosotros no dejamos esto. ¡Valientes vainas los dirigentes!

Los dos revolucionarios se retiraron convencidos de que ya no había manera de controlar a las masas desmandadas. El presidente del comité declaró que él abandonaba el puesto. Cuando llegaron al chalet de Herrero, los demás ya no estaban. El segundo comité también había desaparecido.

Ramón Tol comprendió que era preciso a toda costa evitar la catástrofe. En su viaje a Langreo había podido comprobar que allí había un jefe valiente, de gran ascendiente entre los obreros de todas las significaciones. Este jefe, Belarmino Tomás, quizá pudiese tomar a aquellas alturas las riendas del movimiento. El médico buscó un coche de la Cruz Roja y pidió que se le llevase a Sama para un servicio urgente. A regañadientes, el jefe del hospital autorizó el viaje.

Ya en Sama, Tol encontró a Belarmino en el Ayuntamiento, ocupándose del aprovisionamiento del valle de Langreo. Belarmino Tomás, con la boina puesta, el gesto sereno, la mirada inteligente, rodeado de gente pidiendo vales, tardó bastante tiempo en poder atender al médico. Por fin, ambos hablaron largamente. Belarmino conocía la situación de Oviedo, y sabía, además, que las tropas avanzaban desde Gijón y San Esteban de Pravia. Era urgente, desde luego, organizar la retirada:

—Pero esto es lo más difícil —declaró Belarmino—. Al fin y al cabo una revolución es una guerra y en la guerra lo más difícil es una buena retirada.

—Es que, además —repuso Tol—, los hay que mientras tengan armas no se retiran.

—No hay quien les convenza de que en el resto de España ha fracasado todo.

—Pero lo grave es que hablan de volar la ciudad.

—¿Dicen eso? —preguntó Belarmino alarmado.

—Se habla de eso con demasiada insistencia.

—¡Ah! Hay que hacer algo. Yo voy con usted ahora mismo a Oviedo.

Durante el trayecto no hacían más que encontrar obreros que retornaban a sus casas, con sus fusiles al hombro. Habían desaparecido los guardias que antes exigían los pases a los coches. Todo tenía un aire de desolación, de desilusión y de derrota.

Belarmino decía:

—Nos ha faltado dirección. Pero, además, contra la aviación no se puede luchar. Hay que tener, por lo menos, armas iguales.

A la entrada de Oviedo nadie les pidió el volante de circulación, ni la consigna. Se oía, sin embargo, fuego de cañón y de fusilería. Aquella tarde los aviones volaron de nuevo sobre el cuartel, y arrojaron víveres. Los revolucionarios dispararon contra ellos inútilmente.

Belarmino se entrevistó con varios de los combatientes más significados y aquella noche se convocó una reunión en el chalet de Herrero, donde ya no quedaban más rastros del segundo comité que botellas vacías e innumerables cigarros. Asistieron la mayoría de los jefes de grupo y muchos socialistas y comunistas significados. Allí se reconoció que era preciso trasladar fuera de Oviedo la dirección del movimiento. En el caso de que las tropas que venían sobre la capital lograsen apoderarse de ella, quedaba aún la cuenca minera, donde los rojos se consideraban invencibles. En montañas casi inaccesibles, conociendo el terreno palmo a palmo, abastecidos por sus familias, la lucha podría prolongarse indefinidamente y Asturias podría continuar siendo baluarte de la revolución proletaria. Esta era la idea de los combatientes de más prestigio. Estos no contaban, sin embargo, que ya en la masa había entrado la depresión; que faltaba la ardiente ilusión de los primeros días, y que era imposible reconstruir lo que con la retirada de Peña se había deshecho: la convicción del triunfo, el espíritu generador de la victoria. Belarmino y el médico comprendían perfectamente que todo estaba perdido; pero sabían también que solo de un modo indirecto, dando rodeos, era posible llegar a la terrible conclusión de que había que capitular. Por eso asintieron a todo, con tal de ir ordenando un poco el caos, echando frenos a la desesperada reacción de las masas.

Después de combinar un nuevo ataque a la cárcel, al cuartel y al Gobierno Civil, para el día siguiente, el nuevo comité salió en el automóvil de la Cruz Roja para Sama de Langreo. Era el primer paso para la capitulación.

XIII. La capitulación

El día 16 se atacó briosamente las posiciones enemigas. Se trataba, sobre todo, de apoderarse de la cárcel, donde se encontraban significados revolucionarios, cuya incorporación influiría indudablemente en el ánimo de los combatientes. No fue posible. La guarnición resistía, y por dos veces rechazó con bayoneta calada el asalto de los sitiadores.

Al atardecer, estos pidieron más municiones. Pero del cuartel general les contestaron que se necesitaban para atacar el cuartel, de donde pretendían salir las fuerzas de socorro. Hubo, pues, que suspender el ataque a la cárcel. Como se suspendió el que se había iniciado al Gobierno Civil, defendido todavía desde la catedral. Los revolucionarios, con las cartucheras agotadas, se pedían unos a otros municiones:

—¿Es que no quedan ya cartuchos? —preguntaban a los jefes de grupo.

—No. Se han mandado buscar a Sama. Pero hoy tenemos que arreglarnos con las cajas que nos entregaron por la mañana.

Aquello era desmoralizador. Se veía a los mineros,

apoyados en los quicios de las puertas, con el fusil tirado en el suelo, aburridos:

—¿No combates, chacho?

—¿Con qué? No me queda ni una bala.

—Chico; esto va muy mal...

—Los dirigentes, que nos han abandonado...

Se había hecho un verdadero derroche de municiones. Como la revolución había carecido desde el primer momento de una concepción técnica, militar, y había estado encomendada solamente al valor personal y a la audacia de los obreros, estos desconocían el valor de las municiones. La toma de la fábrica de la Vega les había alucinado; creían que aquellos pertrechos no se acababan nunca; que los barcos de guerra sublevados llegarían de un momento a otro con refuerzos; que Rusia enviaba su flota hasta las costas cantábricas para ayudar en la epopeya de los montañeses asturianos. Almas simples y encendidas, los rumores más absurdos bastaban para avivarles el fuego de la fe y el fervor de la lucha. Pensaban que un poder misterioso obraba casi milagrosamente en aquellas jornadas. El impulso que a ellos les llevaba a morir por las ideas, creían que tenía suficiente fuerza para obrar en todos los actos de la revolución. En una palabra, confiaban en el poder y la fuerza de su clase, tal como la habían exaltado sus propagandistas en discursos y proclamas.

Cuando el comité recibió la petición de municiones, comprendió que se habían agotado. Gestionó, sin embargo, en Mieres algunos refuerzos. Allí las tropas habían logrado romper el cerco de Vega de Rey y avanzaban en medio del pánico de pueblos y aldeas. El comité, que se reunía en el Ayuntamiento de Langreo, recibía noticias pesimistas de todas partes. Por fin, Belarmino Tomás planteó la cuestión:

—Señores, la situación es insostenible. Hemos luchado hasta última hora. No queda más que capitular.

El comité aún se resistía. Había que enterarse personalmente de la situación en Oviedo, explorar el ánimo de los combatientes, conocer exactamente la situación de las tropas. Al día siguiente, los diferentes miembros del comité salieron hacia Oviedo y Mieres, para realizar una labor de exploración. Las impresiones no podían ser más desconsoladoras. En Mieres habían comenzado las luchas entre los propios obreros, y empezaban a temerse colisiones internas. En Oviedo, la desmoralización alcanzaba caracteres alarmantes. Menudeaban las riñas y los disgustos. Las deserciones se hacían en masa, ya sin pretextos ni disculpas. Los asaltos a las tiendas, las borracheras, los escándalos eran mucho más frecuentes. Las guardias no se hacían con regularidad y los enlaces apenas funcionaban. Si las fuerzas del cuartel de Rubín hubieran salido en muchos momentos, se habrían apoderado fácilmente de la ciudad, inaccesible días antes para todo un cuerpo de ejército. Las municiones estaban a punto de agotarse, y solo el cañón y la dinamita atestiguaban, de vez en cuando, que la revolución no había enmudecido todavía. Por las calles no se veían más que gentes que recogían restos del botín, portando toda clase de objetos, rebuscando en los escombros, desvalijando los cadáveres. Se veía a la legua que aquellos no eran de los que habían combatido, sino que salían de sus escondrijos para aprovecharse de la pausa de la revolución.

Las impresiones de los comisionados no podían ser peores. El día 17, por la mañana, quedó reunido en el Ayuntamiento de Sama el tercer comité de la revolución. Había circulado el rumor de que se iba a suspender la lucha y en la plaza empezó a congregarse el público, compuesto de obreros y de familias de los combatientes. Mientras el comité deliberaba, abajo se hacían apasionados comentarios acerca del desenlace de la jornada. Eran pocos los que sostenían la necesidad de continuar resistiendo. En el fondo, aunque la mayoría se negase a confesarlo, todos deseaban el armisticio. Los horrores de aquellos diez días habían torturado a todo el mundo y el que más y el que menos llevaba impresa su huella en el corazón.

La conferencia del comité fue muy laboriosa. Todos coincidían en la necesidad de capitular; pero donde discrepaban era en las condiciones de la rendición. Había incluso quien pretendía que el general López Ochoa reconociese, previamente, que los emisarios lo eran del ejército rojo. Si la emisora de Turón había anunciado la proclamación de una supuesta República Obrera y Campesina de Asturias, era congruente que existiese un ejército que negociase.

Por fin, se llegó a un acuerdo. Para el cese de las hostilidades se le propondría al general en jefe que no entrasen las tropas en plan de guerra en la cuenca minera, y que en vanguardia no figurasen las fuerzas coloniales. Por su parte, los revolucionarios se comprometían a suspender la lucha y abandonar la capital y la cuenca minera.

Belarmino Tomás salió al balcón y dio cuenta del acuerdo al público que esperaba. Habló con sencillez y emoción del esfuerzo de los revolucionarios, de las condiciones de inferioridad en que estos se encontraban, de la sangre derramada y de los hogares devastados.

—Seguimos creyendo —dijo— que es nuestra la razón y no nos resignamos a perderla por haber perdido esta vez. —Terminó preguntando a la improvisada asamblea—: ¿Aprobáis el acuerdo del comité?

Un grito unánime, sofocado en parte por la emoción, respondió:

—Sí.

Querían la paz, no por convicción, ni por arrepentimiento, sino por cansancio, por agotamiento físico, por deseo de reposar sin la terrible sacudida de la lucha. ¡Hacía tanto tiempo que no comían tranquilos, que se racionaban los víveres, que tableteaban las ametralladoras sembrando el sobresalto a lo largo del valle! Por fin, dejarían de aparecer sobre las cumbres los pájaros atroces que portaban las bombas. Ya se podría andar por las calles sin miedo, y sin consultar a cada paso los ruidos del aire, el vuelo sigiloso del enemigo, que lleva el incendio y la muerte entre sus garras.

Fue Belarmino Tomás, en unión de un teniente de la Guardia Civil que figuraba como prisionero de los revolucionarios, el teniente Torrens, el encargado de transmitir al general López Ochoa la propuesta. Torrens, al parecer, conocía al general y atestiguaría que el emisario representaba al comité revolucionario.

Los negociadores llegaron al cuartel de Rubín con las manos en alto. En realidad, los centinelas los hicieron presos desde el primer momento. Al dar a conocer la misión que llevaban, el general les hizo pasar a su presencia. Belarmino Tomás le hizo notar, primeramente, que los obreros trataban con un general republicano, y después le dio cuenta de las condiciones de la capitulación. El general, por su parte, propuso las suyas: entrega de la cuarta parte del comité revolucionario; entrega del armamento y cese absoluto de las hostilidades.

A mediodía quedó acordado el pacto. El comité hizo circular las órdenes de retirada, que se cumplieron con alguna dificultad. El propósito de los dirigentes era abandonar Oviedo aquella misma noche, pues ya les pisaban los talones las tropas coloniales.

XIV. La evacuación de Oviedo

Aquel extraño campamento que había sido Oviedo durante once días iba a ser levantado en el término de unas horas. El hombre echa raíces en todas partes, incluso en la guerra, incluso en la miseria, en la cárcel y en el hospital. A pesar de las penalidades de aquellas siniestras jornadas, a pesar del peligro constante, de la fatiga y la necesidad, había muchos hombres encariñados con la revolución. Volver a la dureza de la mina, a la monótona faena de todos los días, después de haber soñado con una existencia nueva, rotas las cadenas del trabajo manual, era una amarga prueba. Cuando los delegados del comité llegaron con la indicación de suspender la lucha y retirarse hacia Langreo, se encontraron con la negativa de muchos.

—¡Lucharemos hasta morir! —decían.

—Cuando no queden balas, atacaremos a navajazos.

En algunos puestos los revolucionarios permanecían tumbados, sin hacer caso de las órdenes que se les transmitían. Exaltados o deprimidos, los mineros no acababan de resignarse a abandonar la capital. Y los que lo hacían se negaban en redondo a entregar las armas.

Belarmino Tomás tuvo que recorrer los puestos, en unión de los jefes comunistas, para que la orden fuese obedecida. A regañadientes, los mineros más reacios tomaban asiento en camionetas y camiones, protestando:

—*Pa* eso pudimos ahorrarnos tanto desastre.

—Nos han engañado —decían los más díscolos.

Pero ya en el vehículo se alegraban de que la pesadilla terminase, y estaban deseando llegar a sus casas para dormir de una vez muchas horas, sin el duermevela de las trágicas jornadas.

El cañón de San Lázaro seguía tronando, sin embargo. Se les habían enviado varios recados a los que combatían para que cesase el fuego, inútil por otra parte, porque las granadas carecían de espoleta. Belarmino estaba irritadísimo, porque aquel cañón parecía demostrar que los obreros no cumplían el pacto. Decidió ir él mismo a someterlo, seguido de un grupo de incondicionales.

El cañón estaba servido por un artillero de Trubia, que disparaba a las órdenes de un grupo de Mieres. Belarmino se dirigió al artillero:

—Pero ¿no habéis recibido órdenes de no disparar más?

—Es que a mí me obligan. Yo estoy disparando a la fuerza.

—A ver, ¿dónde está el jefe del grupo?

El jefe del grupo, un mozo achaparrado, con la camisa desabrochada y el gesto hostil, apareció en la puerta de una casa próxima. Llevaba una pistola en la mano, y le seguían media docena de hombres armados.

Belarmino se dirigió a él:

—¿No me conoces, camarada?

El aludido le miró un poco sombríamente. Después respondió:

—Sí. Ya sé que eres Belarmino, el de Sama.

—¿Cómo no habéis hecho cesar el fuego? El comité lo ha acordado.

—Yo no entiendo de comités —respondió el minero alterado—. Unos dicen que los comités se han fugado; otros que se está tratando con las tropas. Y yo no sé nada. A mí el que me nombró para esto fue Peña, y no me dijo todavía que lo dejara.

—Nosotros no nos rendimos —intervino otro de los mozos armados—. Si quieren el cañón que vengan a por él.

Belarmino les habló serenamente de las condiciones en que se había acordado la rendición. La lucha estaba perdida, y era preciso evitar las represalias en los hogares de la cuenca. La idea socialista no había sido derrotada, y ellos ya tendrían ocasión de volver a combatir por ella. Pero todas las dificultades que se opusiesen entonces no harían más que perjudicar la causa obrera.

Ante las palabras del líder, los revolucionarios cedieron:

—Pero no entregamos los fusiles, ¿eh? Eso de ninguna manera.

Belarmino les indicó que ocuparan un camión para regresar a Mieres. Los mineros, resignados, emprendieron la marcha hacia el centro de la ciudad. El cañón había enmudecido por fin, y allí quedó solitario, en medio de la calle, como una bestia muerta.

Los mineros arrastraban sus fusiles hacia los vehículos. Algunos llevaban recuerdos del combate, unas polainas de guardia de Asalto, un sable, una pistola reglamentaria. Otros emprendían la marcha a pie, sin prisa por llegar, esperando que los recogiesen los autos del trayecto. Se notaba en todos un gran cansancio, una indiferencia sin límites. Apenas se hablaba entre los grupos. Según iban saliendo los revolucionarios, la ciudad aparecía más trágica, silenciosa, devastada. Después de muchos días de espantoso tumulto, donde se mezclaba el rumor humano al ruido de las armas, aquella calma era quizá más angustiosa. En el atardecer bituminoso, los rescoldos humeantes de los incendios, el paso asustado de algunos transeúntes, las esquinas estranguladas, las casas sangrando por sus flancos, todo ofrecía un aire pavoroso y cruento. Oviedo, en efecto, era una ciudad yerta, parada, desangrándose en silencio. Ni siquiera los aeroplanos habían aparecido aquella tarde. El último motor de los camiones que evacuaban la ciudad había quedado trepidando en el aire, hasta que se mitigó también como el eco postrero de la lucha.

Pero de pronto una explosión inmensa, como un terremoto, que hizo conmoverse a la ciudad, como si acabaran de romperse sus raíces, como si una montaña se hundiera, resonó en aquella calma efímera. ¿Qué había sido? Había volado el Instituto, donde se depositaba la dinamita revolucionaria.

Horas antes, los prisioneros allí depositados habían sido puestos en libertad por orden del comité. Nadie sabe quién indicó la necesidad de volar el edificio. Lo cierto era que allí había unas veinte cajas de dinamita (cerca de cinco mil cartuchos) y varias cajas de bombas fabricadas en La Felguera y Mieres, algunas hasta de treinta kilos de peso.

A última hora de la tarde, cuatro revolucionarios fueron recorriendo las viviendas cercanas para que fuesen desalojadas por los inquilinos. Estos, llenos de pánico, ni siquiera preguntaban a qué obedecía aquella medida. Salían apresuradamente y se trasladaban sin rumbo, al otro lado de la ciudad. Acostumbrados ya estos vecinos a los horrores de la revolución, nada les impresionaba, y lo único que hacían era obedecer ciegamente las indicaciones de los obreros. Un anciano que había presenciado curiosamente el curso de la lucha y al que ya conocían los revolucionarios de aquel sector inquirió la razón del traslado.

—Es que vamos a acabar con nuestra dinamita, para que no nos la cojan.

—¡Ah, vamos! —dijo el viejo muy convencido—. Como Cervera en la guerra de Cuba.

—¿También hizo explotar la dinamita?

—Dicen que echó a pique los barcos.

Cuando ya en los alrededores no quedaba nadie, fueron alejando a los que hasta entonces habían hecho guardia en el edificio. Por cierto, que en una de las aulas dormía profundamente su borrachera de aquella mañana uno de los centinelas. Como todos los días, había entrado en la taberna próxima y había bebido copiosamente. Los compañeros contaban que este luchador ejemplar no había hecho otra cosa en los diez días de ocupación de Oviedo que decomisar toda clase de bebidas y libar incesantemente. Se pasaba los días borracho.

Los revolucionarios quisieron despertarlo; pero fue inútil. Le sacudían violentamente; le llamaban una y otra vez, y el borracho seguía roncando. Entonces uno de los revolucionarios le sacó a rastras del local; pero cuando llegó a la escalera dijo a sus compañeros:

—¿Sabéis lo que os digo, camaradas? A este debemos dejarlo aquí.

—Desde luego, si le dejamos no volverá a beber en su vida.

—Un revolucionario que en vez de luchar se emborracha no merece que le salvemos.

—Tienes razón. Que vaya a beber al infierno.

Y allí lo dejaron. Rociaron con gasolina el piso donde estaba la dinamita, le prendieron fuego y huyeron.

Minutos después la explosión sembraba de pánico la ciudad. Al oírla, las gentes salían empavorecidas de sus casas, dando gritos, corriendo de un lado a otro sin dirección fija. ¿Qué nueva catástrofe se anunciaba con aquel estruendo sobre la ciudad martirizada? ¿Qué nuevos horrores aguardaban todavía a la población neutral, encogida de miedo, hambrienta, abochornada, en cuyos oídos resonaba aún la barahúnda horrorosa de la guerra?

Tardó algún tiempo en tranquilizarse la ciudad. Cuando se supo que los revolucionarios habían hecho saltar sus explosivos, nadie estaba seguro de que no existiesen otros depósitos y no continuasen las temibles explosiones.

La calma no renacía, a pesar de todo. En los barrios extremos de Oviedo se seguía combatiendo. En el Naranco grupos de revolucionarios resistían a las primeras fuerzas del Tercio, que llegaban después de accidentadas jornadas. La evacuación se había hecho desordenadamente; pero, además, muchos combatientes seguían todavía en posesión de fusiles y ametralladoras. Allí fue donde murió la Libertaria, una muchacha hija de un anarquista que se había vestido de rojo para combatir. Parecía imposible que hubieran transcurrido varios días de lucha y la Libertaria estuviese ilesa; con sus ropas rojas ofrecía un blanco magnífico. Pero allí estaba cuando entraron las fuerzas coloniales, disparando su fusil en un parapeto, mientras otros camaradas hacían fuego también con fusiles y ametralladoras.

El oficial que iba en vanguardia se resistía a creer que fuese una mujer la que disparaba.

—Me gustaría cogerla viva —dijo el teniente.

Pero a los pocos momentos una descarga la derribaba sobre un seto del camino. Rechazados los revolucionarios, los militares estuvieron contemplándola, un poco sorprendidos de aquel heroísmo para ellos incomprensible. Libertaria quedó allí, como un charco rojo en medio del camino, hasta que al día siguiente recogieron el cadáver las ambulancias y fue enterrada en la fosa común. Tenía veinte años y era comunista.

Evacuada la ciudad por los revolucionarios y posesionada por completo de ella las tropas, empezaron a surgir en las calles seres extraños, aturdidos, incoherentes, que era como si regresasen de un mundo fantasmal, tras una existencia de pesadilla. Las mujeres lloraban sin saber por qué, los hombres se contaban sus lances grotescos o trágicos y volvían a sus refugios, no convencidos de que aquello hubiese terminado.

Sin conocerse, las gentes hablaban atropelladamente de las angustias de la revolución.

—Y ¿qué pasa en Madrid? ¿Qué pasa en Madrid?

Un hombre calvo, nervioso, el traje manchado y arrugado, con la huella de no habérselo quitado en muchos días, no hacía más que lanzar a todos esta pregunta. A un oficial que pasaba por la calle Fruela también le interrogó anhelante:

—¿Qué pasa en Madrid?

El oficial le miró despectivamente, y respondió:

—En Madrid no pasa nada. ¿Qué va a pasar?

El hombre calvo tenía, sin embargo, razones más que suficientes para hacer esta pregunta. Había llegado a Oviedo la víspera de la revolución. Era farmacéutico en Madrid y había ido a la capital para ajustar un pedido importante de un producto alemán que él representaba en España. Se hospedó en Oviedo en el hotel Inglés, en cuya casa se instaló desde el primer momento un grupo de guardias de asalto para impedir el paso de los revolucionarios. Al huésped le despertó el día 6 un horroroso estrépito, carreras y gritos, luego el seco sonido de los disparos. Alguien le dijo a voces que había estallado la revolución y que los mineros atacaban el hotel. Tuvo que pasar allí dos días sin probar apenas bocado, internado en las habitaciones interiores, en unión de otros huéspedes igualmente aterrorizados. Al fin, los mineros tomaron la casa y detuvieron a todos sus habitantes. El farmacéutico fue llevado a presencia del comité y sometido a un minucioso interrogatorio:

—¿Qué hacías en esa casa, camarada?

—Era huésped del hotel Inglés.

—¿Dónde vives habitualmente?

—En Madrid.

—¿Y cuál es tu profesión?

—Farmacéutico.

—Ah. ¿Farmacéutico? Necesitamos farmacéuticos. ¿Tú estás con la revolución?

—Hombre, yo... la verdad. Nunca me mezclé en política.

—Bueno; eres un pequeño burgués sin partido. Te vas

a encargar de una farmacia de la Escandalera. Supongo que no envenenarás a nuestros enfermos.

—¡Por Dios! Pero... mejor sería que lo hiciese otro. Yo estoy tan impresionado...

—No hay más remedio. Mejor estarás ahí que expuesto a un balazo el día menos pensado.

El farmacéutico no tuvo más remedio que encargarse de la farmacia y despachar los vales que le mandaba el encargado del hospital. Por cierto, que constantemente recibía pedidos exorbitantes de específicos, de material, de toda clase de elementos sanitarios. Su espíritu industrial se sublevaba ante aquel derroche:

—Hombre —decía a los mandaderos—, decidles que no gasten tanto; que se van a acabar las existencias, y entonces sí que va a ser ella...

Pensaba, además, que a aquellas horas, en su querida farmacia de Madrid, se estaría haciendo lo mismo, creándole una situación irreparable. Para aquel hombre la tragedia consistía principalmente en la liberalidad con que se procedía en materia sanitaria. A última hora llegó a tomar tan en serio aquel problema que no hacía más que enviar notas al comité con la relación de existencias, instándole a que interviniese para evitar aquellos abusos.

Por eso cuando los mineros evacuaron Oviedo, y las gentes salieron a la calle después de tantos horrores, el farmacéutico preguntaba, obsesivamente, qué pasaba en Madrid. Saber que su farmacia estaba intacta sería la satisfacción más grande de su vida.

XV. La huida

Muchos mineros regresaron a sus casas. Otros coincidieron en Sama, donde habían de ser recogidas las armas, aunque los primeros días se depositaron bien pocas. Pero algunos grupos huyeron por el monte, dispuestos a ponerse fuera del alcance de las tropas. Algunos porque tenían mayor responsabilidad, y otros porque la revolución los había puesto ya fuera de la ley, incitándoles a una vida de riesgo y de aventura. Muchos de estos grupos combatieron todavía durante varios días con la Guardia Civil, que les perseguía. Otros lograron diseminarse por las montañas de occidente, hacia Galicia, y otros fueron capturados en alguna aldea, sin darles tiempo a combatir.

El grupo de Ramón Tol, el médico, se dirigió hacia occidente, a pie, porque ninguna camioneta quiso llevarles por la carretera del interior. Ramón Tol se proponía llegar hasta su concejo, perdido casi en los confines de Galicia, y allí, a caballo y con algún guía experto, pasar a Portugal. Otros tres jóvenes revolucionarios se ofrecieron a acompañarle.

—Pero lo primero que tenéis que hacer —dijo el médico— es dejar los fusiles.

—¿Y con qué nos vamos a defender?

—Con pistolas.

—Es que no tenemos.

—A ver si encontráis quien os cambie las armas largas.

Por fin, pudieron hacer el trueque. Los cuatro hombres emprendieron el camino sin víveres ni equipaje de ninguna clase. El médico les dio instrucciones:

—Vosotros no habléis con los paisanos. Dejadme a mí, que los conozco bien. El éxito de la fuga depende de que mañana a estas horas estemos en La Espina.

—¿Y no podríamos encontrar un coche que nos llevase hasta allí? —dijo uno de los fugitivos.

—No lo creo probable ni conveniente. Además podrían denunciarnos. La cuestión está en llegar a mi aldea antes de que las tropas se den cuenta de que por este lado también puede haber quien se fugue.

La marcha se hacía difícil, porque el médico no quería seguir la carretera general y había trazado con un lápiz un itinerario en cierto modo caprichoso. Los montes estaban encharcados, los caminos convertidos en lodazales y el cielo lo surcaban nubes negras, hidrópicas, que amenazaban encallar sobre los campos desteñidos y pálidos.

Los cuatro hombres caminaban silenciosos. De pronto uno de ellos murmuró:

—Esta vez la perdimos...

—Pero otra vez la ganaremos —dijo Ramón Tol, como hablando consigo mismo—. Nos faltó dirección y unión. No se puede luchar más que con armas iguales. Hoy no es como el 17, que los mineros pudieron hacerse fuertes en el monte y combatir contra los soldados. Entonces no había aeroplanos.

—Si nosotros hubiéramos tenido aeroplanos...

—Fue lo que más nos desmoralizó. Pero además no tuvimos jefes. No basta ser valiente para dirigir una revolución. Una revolución hay que plantearla como una guerra.

Aquella noche apenas durmieron. A la altura de Salas, uno de ellos se destacó a una aldea para comprar algo en una taberna. Compró pan y longaniza.

El médico repartió equitativamente la cena, y después se tumbaron en la espesura del monte, en un sitio seco. Ramón Tol no durmió apenas, pero sus compañeros se quedaron durante tres o cuatro horas sumidos en profundo sueño. El médico tuvo que despertarlos para proseguir el viaje.

Había luna y esto les ayudaba a caminar más fácilmente. En las charcas de los caminos brillaban a veces las estrellas, como objetos perdidos. Las moles de los árboles, agrandadas por las sombras, parecían abalanzarse sobre los fugitivos. Algún perro lanzaba su ladrido, desgañitado, desde una aldea lejana y otro ladrido venía a enlazarse con el primero, para recorrer juntos el silencio de la noche campesina.

De madrugada llegaron al puerto de La Espina. En aquella altura había un silencio sereno, el de las cumbres solitarias. El alba rompía la última tela de la noche otoñal, y los campos empezaban a insinuar sus formas irregulares, sus matices, la mancha de sus caseríos. Los gallos rompían el cristal del aire con sus quiquiriquíes metálicos. Para los que venían de la agitación de la lucha, de oír la explosión de las bombas, el trueno de los cañones y de la dinamita, aquella calma era cosa inesperada y nueva.

Los revolucionarios iban indiferentes al paisaje. A pesar del cansancio de la jornada iban contentos. Habían avanzado mucho, y a mediodía podían estar en la aldea donde el médico tenía la seguridad de encontrar fácil la fuga. Entraban en la comarca de Tineo. Ramón Tol pensó que aquel paisaje habría asistido alguna vez al paso de un revolucionario más importante que ellos: Riego, el caudillo constitucional, ahorcado por la reacción. Pero Riego no había pasado por allí huido, sino triunfador, con su uniforme nuevo de subteniente. Además aquel liberalismo estaba equivocado. Creía que bastaba que la libertad se escribiese en unos códigos para que ya existiera. El médico despreciaba aquella idea desde la altura de su materialismo histórico. Le parecía imposible que pudieran existir gentes tan ciegas que no comprendieran que sin libertad económica no hay libertad espiritual.

El médico tenía la costumbre de pensar en marxista. Por eso, a pesar del cansancio, le asaltaban aquellos pensamientos. Cerca de mediodía les cortó el paso el Narcea, un río poderoso, que camina largas jornadas bajo abedules, cerezos y castaños. El médico lo saludaba como a un viejo amigo. En sus cabalgaduras por aquellas tierras era su compañero el río, y aunque Tol, poco propenso a la poesía, no lo trataba con la ternura y la confianza con que podría tratarlo un poeta, no pudo menos de conmoverse vagamente ante aquellas aguas inmanentes y familiares. Días atrás las había dejado para entregarse a la aventura de la revolución; había bordeado la muerte y la catástrofe, y volvía a estar allí, aunque derrotado y fugitivo, luchador ilegal por una idea desinteresada.

Al atardecer llegaron al pueblo del médico. Se dirigieron a una casa de labor, donde un campesino, que trabajaba en la era, se quedó asombrado ante la aparición de aquel extraño grupo de hombres derrotados, sucios y famélicos.

—Pero ¿es usted don Ramón?

—Yo soy, amigo Arturo. Y necesito vuestra protección.

—Vamos a la casa, don Ramón. Allí hablaremos mejor.

—No llames a nadie. Quiero que hablemos a solas.

Penetraron en la casa y, a través de la cuadra, subieron al piso superior, que olía a heno y a manzanas.

—Primero, tráenos algo de comer. Estamos desfallecidos.

—Enseguida, don Ramón.

El labrador salió y minutos después volvió con una enorme hogaza, un jamón y una jarra de vino.

Los fugitivos se lanzaron ávidamente sobre los víveres. A pesar de lo que les urgía preparar la fuga, el hambre era de tal naturaleza que no les dejaba espacio para pronunciar una sola palabra. El labrador, por su parte, los observaba curiosamente, sorprendido de aquel apetito voraz. Por fin, el médico le dijo al campesino:

—Mira, Arturo. Ya supondrás que he tomado parte en la revolución.

—Lo suponía, don Ramón. Pero ¿ya se acabó todo?

—Se acabó y nos han derrotado. Necesito fugarme a Portugal; pero por Galicia, donde tengo amigos. He pensado que vosotros podíais ayudarme.

—Usted disponga de mí como quiera, don Ramón. Yo estoy para servir a los amigos cuando llega la ocasión. Usted me dirá lo que hay que hacer.

Hablaron largo rato combinando el plan. Se buscarían cuatro buenos caballos, y saldrían por la noche, guiados por Arturo y otro campesino, camino de Fonsagrada. Al llegar a Galicia cada uno se marcharía por su lado para no despertar sospechas y procuraría internarse en Portugal.

—Sal a hacer las gestiones; pero no digas nada a nadie más que a las personas que te indico. Estoy seguro de que todos nos ayudarán.

En efecto, antes de las diez de la noche estaban las caballerías dispuestas. Arturo colocó víveres en las alforjas de todas, y la pequeña caravana se puso en marcha, alumbrada por la luna. Los espoliques iban a pie, delante. Uno de los fugitivos, que no había montado nunca a caballo, tuvo que ser instruido para dirigir la cabalgadura. El médico, acostumbrado a montar, marchaba en primer término.

Así caminaron varias horas, hasta la madrugada. Como al día siguiente era feria en Fonsagrada, se encontraron aldeanos a caballo que se dirigían a la villa gallega. En las inmediaciones los campesinos, siguiendo las indicaciones del médico, recogieron las caballerías y se despidieron de los fugitivos. Estos se abrazaron y cada uno se fue por su lado. El médico se dirigió a la feria, estuvo en una posada y aquella tarde tomó un autobús para Lugo. Nadie le reconoció. Con el auxilio de un amigo pasó a Portugal, por Tuy, y más tarde embarcó para Francia.

Pero otros revolucionarios, que también habían huido

por el monte, no tuvieron tanta suerte. La Guardia Civil les persiguió incesantemente. Unos cayeron combatiendo y otros fueron capturados. Rotos, hambrientos, desamparados, fueron sucumbiendo sin gloria ni heroísmo. El Nalón y el Caudal, los dos ríos mineros, astrosos y lentos, llevan desde entonces en sus aguas la sangre de los parias, mezclada con la escoria y el carbón de la mina.

Epílogo*

Antecedentes políticos

Lo primero que advierte el que sin pasión examine el Octubre español, mejor diríamos el Octubre asturiano, pues solo en Asturias tuvo lugar una verdadera sublevación armada, es la falta de ambiente. La sociedad española no estaba preparada para las consignas integrales de la revolución social y la dictadura del proletariado. No había una atmósfera social propicia; las defensas burguesas no estaban gastadas ni el Estado se descomponía. Fue un enorme error de los socialistas, que pasaban sin transición del colaboracionismo gubernamental a la revolución clasista.

Aunque muchas de las cosas que voy a decir en este prólogo están en la memoria de todos, no tengo más remedio que repetirlas. Cuando el lector, al recordarlas, las coteje con los acontecimientos de octubre, verá estos de un modo mucho más diáfano, ya que los hechos his-

---

* Prólogo de José Díaz Fernández a la edición de *Octubre rojo en Asturias* de 1935. *(N. del E.)*

tóricos no nacen por generación espontánea; son consecuencia siempre de hechos anteriores.

Entre los antecedentes políticos de la sublevación, el primero que hay que recordar es cómo sobrevino el cambio de régimen. Este no fue fruto de una revolución triunfante. Existía, sí, una presión de la opinión pública contra la monarquía, porque de la dictadura militar de Primo de Rivera se culpaba preferentemente al rey. La masa conservadora y neutra, que había simpatizado al principio con la dictadura, por antipatía a los antiguos políticos, fue despegándose de la monarquía, que tampoco con aquel recurso extremo era capaz de resolver ninguno de los problemas nacionales. Por eso cuando, después de siete años de obligada abstención electoral, se consultó al país, este eligió a los candidatos republicanos. Un ministro del rey dio cuenta del hecho en la siguiente frase: «Es un país que se acuesta monárquico y se levanta republicano». Mis lectores saben que al rey le preparó la fuga el gobierno provisional, donde figuraban tres socialistas, y que don Alfonso salió de Cartagena como un monarca que se retira y no abdica. Dijo, al parecer, esto: «Sigo mi tradición». La tradición de su abuela y su bisabuela que también emigraron a París empujadas por sus errores; pero no abdicaron. En el gobierno provisional predominaban, como se sabe, las izquierdas, y sin embargo, los hombres más moderados, Alcalá-Zamora, Lerroux, Maura, fueron los que dieron una tónica conservadora a la República naciente.

¿A qué se debió esta preponderancia de las fuerzas moderadas, que hubo de mantenerse a lo largo de las diferentes situaciones republicanas? Sin duda alguna al

origen pacífico de la República. Las clases conservadoras, que se habían distanciado de la monarquía, veían con buenos ojos que al frente del nuevo régimen estuviese un hombre de orden, terrateniente de Andalucía, parlamentario furibundo, que representaba ya entonces la contrarrevolución. Había en España en aquellos momentos un gran miedo al bolchevismo. Además, los republicanos llamados «históricos» estaban desacreditados. Eran en la política monárquica la «oposición de su majestad» y se les acusaba públicamente de convivir dócilmente con los políticos monárquicos, sin que les importase gran cosa el triunfo de la República.

¿Cómo se plegaron los socialistas y los republicanos de izquierda a esta influencia conservadora? No confiaban demasiado en la capacidad revolucionaria de las masas. Los socialistas, desde Pablo Iglesias, respondían a la táctica del socialismo reformista. El señor Largo Caballero, después líder de la revolución, durante la dictadura militar había incluso pertenecido, por orden del partido, a un alto organismo del Estado monárquico, representando las fuerzas sindicales. Pero además ellos eran los primeros convencidos de la ineficacia del viejo republicanismo y preferían a los conversos Alcalá-Zamora y Maura, por creerlos de mayor solvencia. La verdad es que estos hacían constantemente protestas de su amor al proletariado, de la necesidad de grandes reformas sociales. Los republicanos de izquierda, por su parte, eran nuevos en la lucha política. Representaban grandes sectores de opinión, pero esta apenas se articulaba en partidos inconexos, hechos aprisa, con una congestión de democracia que terminó por dividirlos y atomizarlos.

Lo primero en que se pensó fue en convocar Cortes Constituyentes. La preocupación primordial de los nuevos gobernantes, en vez de afrontar resueltamente los problemas del país, fue establecer la nueva legalidad, sin que hubiese solución de continuidad, sin que se trastocase lo más mínimo la vida del Estado.

Las Constituyentes se esforzaron para que esto no sucediese, pero al final fueron vencidas, no sin que ellas, esta es la verdad, no incurriesen en algunas graves flaquezas. Las elecciones para la Asamblea Constituyente dieron en esta una gran mayoría a socialistas y republicanos de izquierda. El país hacía esfuerzos por romper la corteza tradicional y transformarse por medio de las nuevas instituciones. Pero desde el primer día se vio que las grandes oligarquías históricas sobrevivían al destronamiento de don Alfonso. El programa del laicismo del Estado desataba la ofensiva de la Iglesia. La reforma agraria, que venía a socializar las grandes fincas mediante la correspondiente indemnización a sus propietarios, fue recortada de tal modo que resultó ineficaz, sin colmar el ansia de tierra de miles de campesinos sin trabajo, despertando en cambio la enemiga de los propietarios. Se hizo una Constitución de tono avanzado, pero se hizo solo en el papel, porque las reformas carecían de realidad por falta de coraje en el gobierno republicano-socialista. El señor Azaña y el ministro de Justicia, señor Albornoz, fueron los únicos que se atrevieron a acometer las reformas del ejército, de la magistratura y de la Iglesia. Se disolvió a los jesuitas, pero estos siguieron alojados en los hogares católicos. Se dispuso que la enseñanza fuese misión exclusiva del Estado, pero los colegios de las órdenes religiosas siguieron funcionando a través de testaferros. Se hizo, en fin, una Constitución de papel, según la frase de Lassalle. No era, en realidad, la primera. La Constitución de Cádiz, en 1812, fruto del liberalismo de entonces, no llegó tampoco a cumplirse gracias al absolutismo de los Borbones, a la ineficacia de los liberales y a la incultura y versatilidad del pueblo. El señor Alcalá-Zamora se declaró en las Cortes Constituyentes disconforme con la Constitución. A pesar de ello, la mayoría republicano-socialista lo eligió presidente de la República. Yo, no; yo, que era diputado, no solo no le voté, sino que propuse otro candidato, ante la indignación de algunos jefes de izquierda.

La derrota sufrida por los monárquicos en la sublevación de agosto de 1932 les hizo pensar que el régimen republicano era más sólido de lo que al principio se creía y que era preciso utilizar contra él otra táctica. Para eso financiaron la campaña del antimarxismo, que aunque parecía dirigida contra los socialistas trataba de anular también a los republicanos de izquierda. Al fin el señor Alcalá-Zamora entregó el poder al señor Lerroux, que gobernó unos días con una apariencia de gobierno republicano, para dar paso a una situación híbrida que aceptó la disolución de las Constituyentes y la convocatoria de nuevas elecciones. Esto sucedía en noviembre de 1933, apenas transcurridos dos años y medio de la proclamación de la República.

En estas elecciones, ya los republicanos históricos se unieron definitivamente a los monárquicos para acabar con la influencia de los elementos democráticos. Invirtieron grandes sumas de dinero, mientras las izquierdas carecían de él. Para agravar la situación de la izquierda los partidos que hasta entonces habían gobernado jun-

tos empezaron a distanciarse y dividirse, entretenidos en disputas bizantinas, mientras los conservadores se unían en compacto bloque. Fue entonces cuando los socialistas, que acababan de abandonar el poder, cambiaron de táctica para separarse de los republicanos de izquierda. Estaban, pues, todas las fuerzas tradicionales unidas, mientras las que habían elaborado la Constitución, esforzándose por darle una tónica moderna, luchaban disgregadas, sin fe, sin medios de propaganda, con una ley electoral hecha para favorecer las coaliciones de partidos. Triunfaron, claro es, los monárquicos, que aparecieron en las nuevas Cortes —las que ahora funcionan— integrando una mayoría que, dejando a un lado de momento el problema de la forma de gobierno, se proponía acabar con todas las reformas llevadas a cabo por la mayoría republicano-socialista de la Asamblea Constituyente.

Así empezaron las concesiones a la fuerza triunfante hasta llegar al trámite concreto de admitir en el poder a los elementos que, como los del señor Gil-Robles, tenían una significación monárquica. Este partido se ha negado reiteradamente a declararse republicano; sus componentes proceden de la dictadura de Primo de Rivera. Llegó el instante en que el señor Alcalá-Zamora admitió un gobierno en que figuraban esas fuerzas. Las izquierdas se veían expulsadas del régimen que habían creado. Comprendían que estaban ya obstruidos los caminos legales y que solo la revolución podía salvarlas; pero sufrían esa indecisión tan democrática que dio paso al fascismo en otros países. Hubo, sin embargo, un hombre, Azaña, que proclamó la necesidad de una revolución nacional para restablecer la Constitución y el pri-

mitivo sentido del régimen. Pero ya los socialistas, sus aliados de ayer, se habían embarcado en la aventura de la revolución social a la manera rusa, sin contar, esta es la verdad, con ningún Lenin.

Ya he dicho que el socialismo tenía en España una tradición reformista. Sus personalidades más destacadas habían sido ministros del gobierno de la República, colaborando francamente en una política moderada. Hasta tal punto que en la cuestión religiosa sostuvieron puntos de vista más conservadores que algunos ministros republicanos de izquierda, por ejemplo el señor Albornoz. Este quiso en cierta ocasión nacionalizar la industria de ferrocarriles y se encontró con la opinión contraria de los socialistas. Está claro que no tenía razón ninguna el antimarxismo de las fuerzas tradicionales, porque los socialistas no habían hecho marxismo desde el poder. El antimarxismo de las derechas fue solo un pretexto para atraerse a su órbita a la República. Al dejar el poder, los socialistas se consideraron desahuciados del régimen y adoptaron, con la excepción del señor Besteiro, una posición revolucionaria. La mutación no podía ser más brusca. Los socialistas habían reprimido con energía las reclamaciones impacientes de comunistas y anarquistas. Con un intervalo de muy pocos meses, los socialistas no solo rectificaban a fondo su táctica de siempre, sino que proclamaban la necesidad de la revolución social y trataban de improvisar el frente único proletario. Este frente único, en tales condiciones, era pura utopía. El proletariado español, sobre todo en las regiones del noroeste, centro y mediodía, tiene una raíz anarquista y está afecto a la Confederación Nacional del Trabajo. En España, por su arraigado individualismo, el anarquismo tiene una gran tradición. No controlan, pues, las organizaciones socialistas a todo el elemento trabajador, sino que en Cataluña, Levante, Galicia y Andalucía, el grueso del proletariado es de matiz anarcosindicalista. Los comunistas también poseen núcleos importantes en toda la Península.

La revolución socialista

Las luchas internas del proletariado no son ya meras discrepancias, sino verdaderas luchas históricas. Por eso, cuando los socialistas se pronunciaron por la revolución social, los demás sectores obreros no les creyeron. Solo los comunistas, muy condicionalmente, decidieron, a última hora, colaborar con ellos. Para sustituir al sóviet ruso, los socialistas crearon las Alianzas Obreras, donde, aparte de las fuerzas socialistas, solo figuraban grupos sueltos de trotskistas y otras fracciones del comunismo, que carecían en realidad de masas. La Confederación General del Trabajo se negó a entrar con las Alianzas en todas las regiones, con excepción de Asturias, donde se hizo el frente único gracias al impulso revolucionario de la masa. Esto explica un poco el empuje que allí tuvo la sublevación armada. Los órganos revolucionarios carecían, pues, en muchas partes de fuerzas suficientes. Pero es que, además, los obreros que los formaban, estaban educados en la escuela del reformismo socialista y carecían de preparación y de experiencia revolucionaria. Meses antes se les movilizaba en defensa del orden burgués y, apenas sin transición, se les invitaba a que lo destruyeran. Esto hizo que la revolución tuviera un carácter de cosa improvisada que de antemano constituía su fracaso.

Pero no fue esto lo más grave, con serlo tanto. Lo peor fue que desde el primer momento la sublevación estuvo descentralizada. En realidad cada región actuó por su cuenta, sin responder a una elemental unidad de acción. Mientras se sostenía la consigna de la revolución social, alejando así la simpatía y el apoyo de las izquierdas burguesas, se pretendía aprovechar las protestas violentas de las regiones autónomas, como Cataluña y las Vascongadas. En Cataluña no había un previo acuerdo revolucionario entre los socialistas y el gobierno de la Generalidad; pero los socialistas esperaban la rebelión de esta para vencer allí por ese medio indirecto. Fue un rotundo fracaso. Las Alianzas Obreras estaban sin armas y sin fuerzas y las que tenían no se utilizaron o se utilizaron con torpeza. Y el ejército se encargó de acabar, en unas horas, con lo que era pura ficción. Mientras tanto los trabajadores industriales de Cataluña, de significación sindicalista, no solo se desentendieron del movimiento, sino que ni siquiera declararon la huelga pacífica.

En Vasconia, los sucesos fueron distintos, pero el resultado, idéntico. Socialistas y comunistas, que preconizaban la revolución social y la dictadura del proletariado, se aliaron con los nacionalistas, que representaban allí la más intransigente burguesía. Los unía únicamente el odio a una política que amenazaba las libertades regionales. Allí bastó un gobernador para reducir la sublevación. La verdad es que los elementos nacionalistas, al notar el carácter que tenía en el resto de España la revolución, depusieron las armas. Murieron heroicamente, en lucha desesperada, cientos de obreros socialistas y comunistas. Como en Madrid y en algún otro sitio. En

Madrid la revolución fue la acción aislada de jóvenes guerrilleros que disparaban desde los tejados contra la fuerza pública. Las milicias proletarias no actuaron, no se sabe por qué. Únicamente algunos grupos de jóvenes, armados de pistolas, se batieron en la Puerta del Sol contra el ejército. Allí perecieron con valentía singular por un abstracto ideal revolucionario. Sin jefes, sin dirección, con un arrojo inútil y primitivo.

Lo de Asturias ha sido otra cosa. Diez días después de haberse extinguido los focos revolucionarios en el resto de España, aún combatían los obreros asturianos. Dos cuerpos de ejército tuvieron que atacarlos por distintos sitios, además de las fuerzas que resistían el sitio de Oviedo. Para entrar en Asturias hubo que recurrir a las tropas coloniales de Marruecos, que iban en vanguardia y trataron a la capital como a una ciudad en guerra. Ya he dicho que allí es donde únicamente se hizo el frente obrero revolucionario. Esto, unido a lo abrupto del terreno, hizo que allí surgiese una verdadera revolución, deficientemente organizada, esta es la verdad. Faltó una dirección militar, que en vez de estar encomendada a técnicos estuvo a cargo de militantes socialistas de reconocida buena fe y de alto espíritu combativo, pero desconocedores en absoluto de la técnica de la guerra. Por ejemplo: los revolucionarios tenían cañones, pero no sabían utilizarlos y los proyectiles no estallaban; intentaron incluso cargarlos con dinamita. Descuidaron el problema de la aviación, que les destrozó y sembró el desaliento en las filas obreras; carecían, incluso, de comunicaciones entre sí. No supieron elegir los puntos estratégicos.

Los obreros de Asturias demostraron una capacidad combativa extraordinaria. ¿Por qué fueron ellos solos, entre los de toda España, los que lucharon con cierta cohesión y con auténtico arrojo revolucionario? Este es un tema de psicología proletaria muy interesante. El minero asturiano es un obrero que, reuniendo las características del trabajador industrial, posee también el empuje primitivo del montañés. En las Casas del Pueblo está en contacto con las ideas revolucionarias, que llegan a través de la lucha de clases, pero no es de todos modos el obrero urbano que disfruta de algunas ventajas de la civilización; vive en las aldeas de la montaña, en los suburbios de la cuenca minera, y allí conserva, al lado del odio al poderoso, la fiereza del montañés. Ignora lo que es el peligro, porque vive en el fondo de la tierra, expuesto al grisú y manejando a diario la fuerza devastadora de la dinamita. Muchos de estos revolucionarios no combatieron con fusiles ni pistolas, armas para ellos demasiado livianas. Combatieron con cartuchos de dinamita. Se les vio en Oviedo, cruzada la cintura con dos o tres vueltas de mecha, encendiendo los cartuchos con el cigarro que fumaban. Esto, unido a una gran disciplina sindical, adquirida en los viejos sindicatos, hizo que la rebelión adquiriese una magnitud única. En estos proletarios (muchos de ellos afectos al comunismo, que en los últimos tiempos adquirió allí gran preponderancia), el reformismo socialista no penetró nunca, a pesar de que externamente aparecían disfrutando grandes ventajas sindicales: jornada de seis horas, retiro obrero, instituciones escolares y benéficas. Verdad es, también, que los dueños de las minas de Asturias no han sabido nunca hacerse amar de sus hombres, ni introducir en el trabajo mejoras de orden técnico.

Sin embargo, también en Asturias, donde se había hecho el frente único, se notó una depresión del entusiasmo anarcosindicalista. En Gijón, donde domina esta tendencia, el movimiento no tuvo la importancia que en la cuenca minera y Oviedo, zonas francamente socialistas. El plan era apoderarse de la capital y proclamar allí la dictadura del proletariado. Para ello miles de mineros cayeron sobre Oviedo y se apoderaron de la fábrica de armas. La falta de dirección militar hizo que no pudieran vencer a una guarnición de apenas dos mil hombres, refugiada en sus cuarteles. Además, enseguida se acentuaron las disensiones por las distintas tendencias que mantenían los miembros de los comités. En diez días hubo tres comités revolucionarios cada uno de un matiz distinto.

No es cierto que los revolucionarios destruyesen la ciudad; algunos edificios fueron incendiados por la aviación y un teatro, posición de los mineros, destruido por las tropas del gobierno. Tampoco son ciertas las escenas de crueldad por parte de los revolucionarios que refirió cierta prensa. Algún caso aislado no abona semejante conducta. Los mineros fueron en general humanos y benévolos y respetaron a los prisioneros, muchos de ellos sus enemigos de clase. Lo ocurrido en Turón es la excepción que confirma la regla. No puede, en cambio, decirse lo mismo de la represión. Después de vencidos y sometidos, los obreros han sido tratados como gente fuera de la ley. Por último, la verdad es que los catorce millones de pesetas que se «expropiaron» al Banco de España, de Oviedo, se han perdido. Las camionetas que llevaban el dinero fueron desvalijadas por los aldeanos y por sus propios custodios.

La revolución ha fracasado porque carecía del clima social propicio; si hubieran intentado los socialistas un movimiento de defensa de la Constitución y la República, habrían triunfado. Pero está visto que inmediatamente después de haber participado en gobiernos burgueses, no les era posible improvisar el espíritu revolucionario para una lucha a fondo como la que quisieran plantear.

Los saqueadores de la revolución

Este relato está hecho sobre el manuscrito de un testigo de la revolución. No se cuenta en él más que lo que el autor del documento ha visto por sus propios ojos. Por eso se omite algún episodio resonante, pues nada se quiere contar de memoria, y es preferible pasar por alto algún hecho antes de falsearlo.

La narración llega hasta el punto y hora en que los revolucionarios abandonan Oviedo. De lo que pasó después hablarán otras crónicas, no menos impresionantes, sin duda alguna. A la revolución de Asturias hay que juzgarla generosamente, con arreglo a un criterio histórico, sin ocultar sus errores ni añadirle crueldad. Yo he sentido, como el que más, el dolor de ver correr la sangre por aquel país que es mío, que está unido a la intimidad de mi corazón, porque en él se han mezclado mis luchas y mis triunfos. Las calles devastadas de Oviedo, sus ruinas innumerables, sus árboles destrozados y sus torres caídas pesan sobre mi alma, porque, además, todo eso va unido a los recuerdos de mi primera juventud. Pero me duele tanto como eso la injusti-

cia que pudo hacer posible la revolución; me conmueve el heroísmo de esos mineros que, sin pensar si van a ser secundados, se lanzan a pelear por una idea que va dejando de ser una utopía, sin pensar si son bien o mal dirigidos, ofreciéndole a la revolución la vida, porque es lo único que tienen.

En cambio, frente a ellos están sus calumniadores, los mismos que en octubre, temblando de pánico, se disfrazaban y se escondían, para después surgir blandiendo la venganza y la delación. Esa burguesía indigna que pide penas de muerte y hace de ellas un programa político no puede despertar en las clases populares otra cosa que odio y repulsión. Hemos visto a ciertos hombres y ciertos partidos aprovechar la revolución de Octubre para apoderarse de los Ayuntamientos, de la Diputación, de los organismos que el voto popular en su día les había negado y reponer en él al más viejo, inmundo y desacreditado caciquismo. Estos son los verdaderos saqueadores de la revolución. Los saqueadores han llegado a extremos tales que las propias autoridades de Oviedo han tenido que oponerse a la consumación de ciertas venganzas y a la realización de ciertos negocios. Se quería especular con el dinero concedido por el Estado para la reconstrucción de Asturias, poner precio al dolor, comerciar con los escombros de la ciudad deshecha.

Desde aquí y ante la España de mañana, lanzo mi desprecio a estos saqueadores de la revolución.

J. Díaz Fernández

Josep Pla
Crónicas (Octubre, 1934)

El momento actual

Hemos vivido en estos últimos días el movimiento subversivo más extenso y más profundo, quizá, de nuestra historia contemporánea. Yo, que he vivido hora por hora en esta ciudad el movimiento, puedo dar fe de su intensidad. Recordarán los lectores de esta sección que, hablando estas últimas semanas de las incidencias del descubrimiento del desembarco de armas, había puesto en guardia a los lectores respecto a la enorme gravedad de la cuestión, sobre todo por los descubrimientos colaterales que el juez iba haciendo. Se encontraban tantas armas y municiones y de tanta calidad, que se tenía la impresión de que estaban en juego cantidades fabulosas de dinero y, fatalmente, se preveía que el movimiento estallaría en términos de un dramatismo feroz. Así ha sido. Se tiene la impresión, que desgraciadamente tiene aires de confirmarse, de que el número de muertos pasa a estas alturas del millar. Las escenas de Asturias, el asesinato de nuestro inolvidable amigo el diputado Oreja, las profanaciones y los crímenes que se han cometido, nos hacen retroceder a épocas de pura barbarie.

Los socialistas y los políticos de izquierdas, que son los organizadores del plan general, cometieron, sin embargo, el error psicológico de promover el movimiento en un momento desfavorable. No han querido creer en la existencia en España entera de un gran movimiento de reacción de derechas, tan sólido, mucho más sólido que su despecho. Esto ha hecho que en vez de encontrarse ante un país inerte y fatigado, se hayan encontrado ante el muro infranqueable de la opinión pública, que les ha cerrado el paso. Han tenido que localizar el movimiento en determinadas regiones. Fuera de Asturias, el País Vasco, la ciudad de Madrid y Cataluña, no han movilizado nada. Al contrario, se han topado con una opinión galvanizada por tres años de desastres y de desorden que ha respondido como un solo hombre y se ha puesto al lado del Gobierno. Creían asimismo en la debilidad de Lerroux y en el desorden indudable que reina en todos los sectores políticos. El hecho es que Lerroux ha resistido, que el Gobierno ha encontrado un instrumental de actuación magnífico, preparado por Salazar Alonso, y que los partidos legalistas se han puesto al lado del Gobierno.

Los hombres de Esquerra, que gobernaban en la Generalitat de Cataluña, a pesar de la magnífica posición de privilegio de que disfrutaban dentro del régimen, privilegio que no había conocido nunca ningún partido político catalán, han creído que tenían que ligar su suerte a la política de los hombres más destructivos, más impopulares y más odiados de la política general. Se han equivocado, y lo han pagado caro. Han comprometido, sobre todo, lo que tendría que haber sido sagrado para todos los catalanes de buena fe: la política de la Autonomía, el Estatuto de Cataluña. No nos corresponde a nosotros emitir un juicio histórico sobre esta oligarquía que desaparece. Diremos solo que Cataluña sigue con su historia trágica, y que solo eliminando la frivolidad política que hemos vivido últimamente se podrá corregir el camino emprendido.

El movimiento, en estos momentos, está casi totalmente dominado. Todavía hay algún pequeño núcleo que resiste, en Asturias y en el País Vasco. Es cuestión simplemente de tiempo acabar con la sangrienta lucha. En Madrid, la situación ha mejorado enormemente y hoy han sonado pocos tiros. La tranquilidad de la ciudad se va notando progresivamente. En general, las noticias periodísticas y las oficiales coinciden en afirmar que nos encontramos ante la liquidación del movimiento.

Al empezar la sesión del Congreso, el entusiasmo era indescriptible. La entrada del señor Lerroux en el hemiciclo ha sido saludada con vivas delirantes y diversos. La Cámara ha aprobado de forma fulminante la ley restableciendo la pena de muerte y la concesión de un suplemento de crédito para el orden público. Se ha leído una proposición firmada por el señor Gil-Robles. En un breve discurso, el dirigente de la CEDA ha hecho un elogio inflamado del Gobierno y del señor Lerroux, y ha dicho que en estos momentos no había política posible.

Goicoechea, Lamamié y Romanones han hablado en el mismo sentido. Goicoechea, más bien impertinente. Romanones, drástico y avinagrado. Lerroux ha recogido el pensamiento de todos y ha pronunciado un discurso de hombre de Gobierno, sin acritud hacia nadie y poniendo como programa de su Gobierno restablecer el imperio de la ley y la pacificación espiritual.

La posición de la Lliga era, como es *de consuetudo*, dificilísima. Y esto ha hecho que el señor Joan Ventosa haya podido demostrar, una vez más, su prodigiosa ductilidad de pensamiento y la habilidad de su palabra. Dejando aparte toda exageración de chim-chim desplazado, al señor Ventosa le interesaba, antes que nada, que quedase bien sentada y respetada la posición de Cataluña en este momento, no solo con la consagración de la autonomía, sino con el mantenimiento integral del Estatuto frente a toda veleidad catastrófica. La posición era difícil, pero el señor Ventosa, a través de una improvisación marcada por la gravedad y la convicción, ha conseguido su objetivo, y ha obtenido cuatro ovaciones clamorosas de todos los sectores de la Cámara. El señor Lerroux, recogiendo su discurso, ha puesto las cosas en su sitio y ha asegurado el respeto integral de todo. El señor Ventosa, a la salida, ha obtenido una nueva ovación.

El señor Alba ha cerrado la sesión con un elogio del régimen parlamentario, freno de toda dictadura posible.

La revolución que acabamos de vivir marca el final del primer ciclo de la revolución española. Entramos en una nueva etapa, de un enorme interés.

(*La Veu de Catalunya*, 10/X/1934)

Tendencia hacia las formas autoritarias de gobierno

La situación general experimenta una mejoría en todas partes, que en Madrid es perfectamente visible. Hoy han circulado más tranvías y autómnibus que en días anteriores y ha circulado el metro. Se han comenzado a ver los taxis y no ha habido ningún tiroteo durante todo el día. Los servicios ferroviarios han mejorado también considerablemente. En general, se observa un retorno, aunque lento, a la normalidad.

La situación aún no está dominada en Asturias, que es el mayor foco de resistencia. Sobre las enormidades cometidas por los revolucionarios en Asturias circulan toda clase de rumores. Parece que se han cometido actos de salvajismo indescriptibles y que el número de víctimas es imponente. Los corresponsales de los diarios de Madrid, que están en el lugar de las operaciones militares, han estado muchos días incomunicados, y solo ahora empiezan a dar señales de vida. Los acontecimientos de Asturias comienzan a electrizar a la opinión de Madrid y no tendría nada de extraño, incluso es imprevisible, que la gente se exaltara ante tales hechos.

La opinión ha entrado en una fase de una sensibilidad extraordinaria y, en general, no está satisfecha. De la movilidad de la opinión en España, tenemos demasiada experiencia como para que no registremos estos hechos con la máxima alarma. Es indudable que la opinión critica abiertamente al Gobierno por su supuesta benevolencia. El señor Lerroux se encuentra perplejo entre esta oleada enorme que sube desde el fondo de la opinión y la posibilidad de que dentro de unos cuantos meses se vea desbordado por un movimiento sentimental opuesto. El presidente del Consejo trata estas cuestiones con la delicadeza más extrema. No hay noticias de que haya habido juicios sumarísimos ni ejecuciones fulminantes.

El estado de ánimo de la opinión, que tratamos de reflejar, hace que la gente considere que el problema está aún en pie. La reacción ciudadana es visible, ciertamente, pero es débil. La debilidad proviene de que la opinión no ve una acción coherente de gobierno. Hay como una suerte de asfixia de rumores que nos abstendremos de recoger. En general, los observadores más acreditados prevén la producción de las condiciones objetivas de formas autoritarias de gobierno. Es un momento de gran fermentación interna, y la opinión tiende, a simple vista, a eliminar todas las matizaciones para ir francamente a las formas de espíritu más esquemáticas.

El día político ha carecido de interés externo. Todo está dominado por el ánimo que se ha de desprender de la sesión parlamentaria del martes y por la unión sagrada que se ha producido en el campo político. No se ha hablado, naturalmente, de la reanudación de las sesiones. Hasta que los puntos oscuros que presenta el orden público no estén completamente esclarecidos, no se puede imaginar que las Cortes vuelvan a abrir.

El señor Lerroux ha pasado toda la mañana en su despacho. Ha comido y tomado café en el Ritz y, después, se ha encerrado otra vez en la presidencia, donde ha recibido varias visitas, entre las que hemos de subrayar la del señor Gil-Robles y la del señor Fernando Gasset, vocal del Tribunal de Garantías, que actúa de presidente del altísimo organismo. La visita del señor Gasset es puesta en relación con la situación jurídica en que se encuentran los ex miembros de la Generalitat detenidos.

Hoy por la mañana habrá Consejo de Ministros. Se concede al mismo una gran trascendencia, precisamente en vista del estado que revela la opinión y que hemos tratado de fijar al principio.

(*La Veu de Catalunya*, 11/X/1934)

El movimiento de Asturias visto desde Moscú

La situación mejora considerablemente y el aspecto externo de Madrid ha sido hoy casi normal. La presencia de muchos taxis ha acentuado la impresión de normalidad. La gente sigue, con un apasionamiento creciente, los acontecimientos de Asturias, que van adquiriendo, según pasan las horas, un aspecto más dramático de subversión grandiosa. Las noticias más recientes son de que un avión ha bombardeado un tren de mineros, y ha ocasionado considerables víctimas. Hay centenares de muertos y miles de heridos. Las destrucciones materiales son innumerables y cuantiosísimas. A estas horas, los hechos de Asturias aún no están plenamente dominados y las tres columnas militares que actúan en la zona minera aún no se han unido.

Los agentes diplomáticos en Berlín comunican que, según la prensa de Moscú, el movimiento de Asturias no tiene nada que ver ni con la táctica socialista ni con la anarcosindicalista y que se trata de un movimiento comunista de enorme trascendencia en la historia de la revolución mundial. Todo parece indicar, en efecto, que la táctica desarrollada en Asturias es un fenómeno desconocido hasta ahora en la Península y que se trata del primer movimiento de gran estilo llevado a cabo, según la táctica moscovita, por los comunistas del país. La prensa rusa destaca los sucesos de Asturias, y en cambio trata despectivamente las infantiles veleidades revolucionarias de socialistas y separatistas.

El Consejo de Ministros ha estado reunido prácticamente durante todo el día. Ha habido Consejo, en efecto, mañana y tarde. Además de la aprobación de nuevos nombramientos y la admisión de muchas dimisiones, el Consejo ha destinado casi todas las horas de sus reuniones a examinar la situación del orden público y a deliberar sobre los juicios incoados con motivo de la última revolución.

El señor Lerroux, pese a tener ante sí una oleada de opinión que pide fusilamientos y juicios sumarísimos, no piensa apartarse del camino de la más estricta legalidad, y más bien quiere ser magnánimo. Todo indica que este hombre que, tras una vida de subversión hoy se encuentra en la posición de tener que ser implacable con la propia revolución, obrará con generosidad y magnanimidad. De todas formas se considera seguro que habrá unos cuantos, quizá siete u ocho, fusilamientos.

Ahora asistimos a la procesión mágica de las familias de las víctimas que suben y bajan las escaleras de los ministerios y las del Palacio Nacional pidiendo clemencia para los familiares encartados en los procesos. Muchas de estas personas nos trataban de ilusos a quienes hemos previsto y descrito la evolución de la opinión pública en este país y la fatalidad del proceso político de estos últimos tres años y medio.

Sobre Cataluña, no parece que haya aún nada definido.

Hemos entrado en un periodo de transición de duración problemática. Un día u otro, sin embargo, cuando el caos administrativo que reina en Cataluña y que hemos heredado de la locura delirante de los hombres de Esquerra llegue a su punto culminante, habrá que sistematizar los instrumentos de gobierno. Debe ponerse de manifiesto, porque es un hecho trascendental, que en la prensa de Madrid, tradicionalmente desafecta a Cataluña, se ha iniciado una ofensiva general contra nuestras cosas, que ya no tiene por objeto la crítica a Esquerra, sino que se refiere a Cataluña como un todo. En el ambiente político más sensato de Madrid se prevé que esta ofensiva producirá en Cataluña efectos distintos de los que espera producir y que, en definitiva, esta literatura será contraproducente. Es un movimiento, este, que para todos los catalanes debería ser un motivo de reflexión, de recogimiento y de sensatez. Hemos perdido en la última tormenta muchas cosas, pero si es posible imaginar que Cataluña es capaz de eliminar los fermentos patológicos que actúan constantemente en su política, aún podemos levantar, con lo que legalmente conservamos, un edificio magnífico que redima nuestra historia contemporánea y las vergüenzas recientes.

(*La Veu de Catalunya*, 12/X/1934)

La toma de Oviedo

La vida de Madrid está totalmente normalizada. La mayor parte del personal se ha integrado al trabajo y funcionan todos los servicios, no solamente los públicos, sino particulares, como taxis, hoteles y restaurantes. Habiéndose celebrado la Fiesta de la Raza y habiendo sido medio fiesta en Madrid, la gente se ha echado a la calle y la animación ha sido considerable en todas partes. No ha habido actividad política. En los ministerios ha sido fiesta todo el día. El señor Lerroux ha estado en su despacho oficial y ha pasado por la tristeza inmensa de no poder dar ninguna esperanza a los innumerables familiares de los encartados en los Consejos de Guerra. El señor Lerroux, en la recepción de los periodistas, a última hora de la tarde, estaba emocionado.

Los hechos de Asturias continúan siendo el tema de las máximas preocupaciones y de la más nerviosa atención. Aún hay lugares en Asturias en que la batalla está en su punto culminante. La toma de Oviedo por el general López Ochoa ha producido un gran entusiasmo. Continúa la asfixia de rumores y de noticias sobre la situación de aquella región. Nos encontramos ante una hecatombe auténtica. Se han denegado todas las autorizaciones a los periodistas para ir a Oviedo. Esta tarde, el capitán general de Madrid, Cabanellas, ha convocado a todos los compañeros de prensa extranjera acreditados aquí para aconsejarles prudencia y ecuanimidad. Existe el peligro de que cuando la opinión conozca detalles de los sucesos de Asturias se desborde contra la política que ha producido y ha hecho germinar esta locura delirante y primitiva.

En el ambiente político se comienza a hacer balance de los últimos acontecimientos con vista al futuro. Se considera que el marxismo ha recibido un golpe mortal tan fuerte al menos como en Italia, Alemania, Austria y, por un camino más normal, Inglaterra. Ahora los socialistas se convierten en delirantes defensores de la táctica evolucionista de Besteiro. Notoriamente, este partido utiliza a sus hombres según los momentos. Es difícil, no obstante, que a estas horas la mencionada táctica convenza a nadie. La gente se va separando de este partido de esnobistas, de ex ministros y de ex embajadores que tantos estragos ha hecho en el país.

El campo de las izquierdas era reducidísimo. Ahora ya no existe. Todo el mundo sabe que los señores Azaña, Botella Asensi, Martínez Barrio y Maura se han separado de la legalidad republicana. Esto, sin embargo, resulta a estas alturas una mera afirmación, porque, si se han separado de algo, realmente, es de la gente. El partido de Maura se ha disuelto. Los pocos diputados de Martínez Barrio están desesperados con la situación en que les ha puesto su líder. El señor Azaña está en el vapor *Ciudad de Cádiz* y cada vez está más implicado —parece— en el asunto del contrabando de armas.

Dada la reacción de la opinión pública española ante la política de Esquerra Catalana, el hecho de encontrarse el señor Azaña en Cataluña el día 6 ha puesto al mencionado señor en una situación de la que se duda si podrá salir con bien.

Los últimos hechos revolucionarios, por el contrario, han demostrado que lo que se creía destruido, o sea el ejército, tenía aún una vitalidad relativamente formidable. En efecto, el triunfador de estos últimos días es el ejército. El señor Lerroux tocó un timbre, el del estado de guerra, y la oficialidad y la tropa formaron con automatismo, con un vigor indudable.

Este es el resumen objetivo de los últimos acontecimientos.

(*La Veu de Catalunya*, 13/X/1934)

Una encuesta en el norte de España (I)
La situación en el País Vasco – La táctica desastrosa de los nacionalistas

Llego a la capital de Vizcaya cuando la huelga general está a punto de acabar. La ciudad parece salir de una pesadilla: las calles están sucias; los servicios públicos, desordenados; el aspecto de la gente, expectante. Desde la habitación del hotel veo pasar unos aviones militares, oigo unos tiros en los barrios obreros, veo circular camiones con soldados. En la orilla hay una concentración de barcos mercantes —ingleses y escandinavos— que hace seis días que esperan descargar.

La huelga general, en el País Vasco, ha sido absoluta; pero, en términos generales, se ha desarrollado pacíficamente. Hablo en términos relativos, claro. Quiero decir que la huelga ha sido más pacífica que la del año 1917. Nada más. Ha habido muertos y heridos. A fecha de hoy, día 14, la aviación bombardea, aún, pueblos de la zona mineril: considerados peligrosos. Son los últimos puntos de la resistencia.

La relatividad que señalaba no es obstáculo para que se reseñen los estragos cometidos: el asesinato del diputado tradicionalista señor Marcelino Oreja Elósegui planea como una pesadilla sobre la población sana de

Bilbao, y el incendio del palacio de la Casa Salazar, en Portugalete, palacio que estaba lleno de libros antiguos y de obras de arte, ha producido una crispación violenta en los ambientes burgueses e intelectuales. Se han quemado iglesias y destruido obras tradicionales. En el año 1917, los hombres libraron la batalla cara a cara. Por el contrario, la última revuelta se ha caracterizado por la astucia, en gran parte. Como en Madrid, en Bilbao se ha disparado desde los terrados, desde los tejados, desde puntos especialmente elegidos para asegurar la impunidad.

Mi misión periodística en Bilbao me ha sido enormemente facilitada por la propia gente del país. Acompañé al señor Joan Ventosa en su viaje por estas tierras en el año 1932, cuando dio la conferencia en el hotel Carlton. Entonces tuve la ocasión de ser presentado al «todo Bilbao». He completado dichas facilidades con mis conocimientos personales, que van desde los socialistas hasta los monárquicos de aquí.

Del enorme caudal de noticias y de matices que recojo en todos los estamentos, he de hacer un resumen. Observo, antes que nada, las críticas que de todas partes me llegan, relativas a los directores del nacionalismo vasco. Los nacionalistas puros me dicen que no valía la pena inventar la teoría del pueblo-isla (del pueblo no contaminado), haber celebrado la reunión del verano pasado en Zumárraga, haberse constituido en seguidores de Esquerra y de Prieto para acabar yendo a ver a Lerroux y decirle que ellos no tienen la culpa de lo que ha pasado.

Todos los diputados de la Lliga saben qué opinión he tenido, en la presente legislatura, de los representantes del nacionalismo vasco. Los he visto trabajar en el Parlamento y me han parecido elevados a la soberanía por la fuerza de un problema realmente existente, pero sin categoría personal histórica. Con la Lliga se han portado sin gratitud. Si hubiesen querido creer en los consejos dados, gozarían hoy de una magnífica posición. Pero han seguido el juego de Azaña y de Prieto, se han unido en Cataluña con la Esquerra de Badia, Dencàs y Lluhí y se han jugado el Estatuto por el plato de lentejas de la revolución social. Habrá visto ahora el señor Monzón que se desplazó este verano a Barcelona a trabajar para que los diputados de la Lliga fueran a Zumárraga, la razón que tuvieron nuestros hombres al separarse de un movimiento que fatalmente conducía al desastre.

Los diputados nacionalistas vascos no saben hoy dónde meterse. Están abrumados. Tienen al secretario del partido encarcelado y a una parte de la dirección en fuga o escondida. No se podría afirmar que ellos personalmente hayan tomado parte en el movimiento. Lo cierto es, sin embargo, que su organización obrera —la Solidaridad de Obreros Vascos— rivalizó con las fuerzas de Prieto en Bilbao y la UGT, formadas principalmente por los trabajadores forasteros —llamados «maquetas» por la gente del país, por provenir de las provincias castellanas—, rivalizó, decía, en la declaración de la huelga. La orden del final de la huelga fue comunicada minutos antes de que la UGT diera la misma orden a sus afiliados.

Los nacionalistas vascos crearon, junto a su partido, una organización obrera para hacer frente a lo que ellos llamaban la bolchevización fatal del pueblo español.

Era un seguro para la patronal con miras a luchar contra el socialismo. La organización tomaba como base la *Rerum novarum* y contenía filtraciones indudablemente clericales. Todo esto ha fallado. Inmersos en el proceso revolucionario de este verano, los nacionalistas han seguido el juego de Prieto como unos niños. Han ido a la huelga los primeros; han creado un ambiente de revolución: no han salido armados porque no es su naturaleza. Aparte de esto, han representado todos los papeles del aleluya, los más extravagantes.

Las consecuencias que todo esto ha acarreado al nacionalismo vasco han sido fatales. Vamos a explicarlo.

Las fuerzas del nacionalismo vasco no han tomado parte en la revolución de forma directa; lo han hecho indirectamente, a través de la Solidaridad de Obreros Vascos, que dependía de ellos. Esto es lo que ha producido la enorme extensión que ha tenido la huelga de Bilbao, extensión que ha matado la intensidad de la propia huelga. Los efectos políticos, ¡tanto da! Los dirigentes del nacionalismo vasco se han jugado la posibilidad de tener un estatuto. No han querido escuchar ningún consejo. Se han entregado a la frivolidad más inexplicable. En Cataluña, Esquerra ha vivido pendiente de los humores de Azaña. En Vasconia, los nacionalistas han sido un fácil instrumento de Prieto y de los socialistas. Durante el curso de la huelga, Prieto no ha estado en Bilbao. Es fácil imaginarse el pensamiento actual de los productores de Bilbao. Habían imaginado que el movimiento nacionalista pensaba en el bien del país; que lo supeditaba todo a sus intereses; que estaba desligado de las veleidades de los movimientos revolucionarios provenientes de Madrid. En este sentido, la organización obrera vasca contaba con innumerables simpatías. Era, además, una organización que defendía los intereses de los obreros típicamente vascos. Prieto y la UGT defendían a los demás obreros, a los castellanos emigrados a Vasconia. Y bien: un buen día, obreros de uno y otro lado, han fallado a la vez. Diez años de esfuerzos realizados por el nacionalismo vasco han sido jugados a una carta problemática, tan problemática que sus intereses fueron abandonados, a última hora, a los mismos hombres contra quienes se había luchado: Prieto, Azaña. Ni Prieto agradecerá el favor ni el pueblo vasco comprenderá el sentido de la política de sus dirigentes. No debe extrañar, pues, a nadie el fatal golpe recibido, durante los últimos acontecimientos, por el nacionalismo vasco.

Realmente, nadie comprendía la táctica de sus dirigentes adoptada este verano. Pero vale más pasar la esponja sobre los hechos tristes y seguir adelante. Distingo perfectamente la debilidad del señor Samper de la de su ministerio desgraciado. Lo cierto es que los nacionalistas vascos fueron en este verano el detonante de todos los desórdenes, del contacto más absurdo, de los movimientos más extravagantes. ¿Fueron ellos los autores de todo esto? ¿Fueron los instrumentos inconscientes de Prieto? A mi entender, fueron el juguete de Prieto. En Zumárraga se reunieron para adoptar un acuerdo, y Prieto, en contacto probablemente con el gobernador, dio un capotazo a los acuerdos y todo se acabó cantando el *Guernikako Arbola*. ¡Pobres infelices en las manos de un gato viejo que hizo lo que quiso! En Zumárraga estuvieron varios diputados catalanes que no mencionaremos por tratarse de literatos perdidos en el campo de la política más peligrosa.

La opinión objetiva y juiciosa, en Bilbao, no perdona lo que han hecho los directores políticos del País Vasco. Ahora hacen publicar en *Euzkadi* los informes elaborados por la policía sobre lo que les habría pasado a sus partidarios en caso de triunfar el movimiento socialista y comunista. De dichos informes se desprende que las primeras víctimas del movimiento habrían sido los nacionalistas de los pueblos y de las capitales. Hay innumerables listas requisadas a los sediciosos en que constan circunstanciados los nombres de los personajes del partido que había que encarcelar y sacrificar. Esto, que es tan sencillo hoy en día, lo era igualmente hace diez años. ¡Pobres infelices directores del nacionalismo vasco! ¡Creían que la revolución se podía dominar como si fuera una máquina automática!

Estos dementes se lo han jugado todo. Este verano se jugaron su dominio en los ayuntamientos y en las comisiones gestoras provinciales. Casi todos los resortes del país están hoy en manos de hombres dictatoriales o radicales. Se han jugado, además, el porvenir de un movimiento que tenía, en el terreno político, un gran futuro, siempre que hubiese sido llevado con la cabeza. Si las condiciones del País Vasco, en el terreno económico, fuesen favorables, sería posible imaginar un fácil olvido. Lo cierto es que esta es, quizá, la ciudad de España que más ha sufrido por el cambio de régimen y la política económica de la República. El resultado es este y la gente evoluciona hacia las formas políticas de extrema derecha y no ve solución en posiciones intermedias o matizadas. La gente está enervada con la conducta de los políticos, a los que rechaza de manera franca.

(*La Veu de Catalunya*, 21/X/1934)

Una encuesta en el norte de España (II)
El asesinato de Marcelino Oreja – La famosa teoría del desbordamiento

Mondragón es una pequeña población vasca, situada en un valle lleno de paz, verdor y humanidad, a unos cincuenta kilómetros de Bilbao. Tiene fama de ser una de las poblaciones más católicas del país. En esta población hay una fábrica, La Cerrajera, SA, una de las empresas metalúrgicas más potentes del País Vasco, de la que fue gerente el malogrado diputado tradicionalista señor Marcelino Oreja Elósegui. El señor Oreja fue asesinado el día 5 en el mismo pueblo a cuya prosperidad había consagrado una vida llena de seriedad, de sentido constructivo y de modernidad.

El señor Oreja Elósegui estaba oficialmente inscrito en el Partido Tradicionalista. Era, por tanto, fiel a una tradición de sus electores y a una tradición familiar. Pero el señor Marcelino era un espíritu mucho más amplio que el marcado por su propio partido. No tenía ideas fijas, era un hombre profundamente humano. Hombre libre de prejuicios, admiraba a los políticos de verdad, fuesen del campo que fuesen. En los últimos meses de su vida, si sintió una admiración profunda, fue por el señor Joan Ventosa. No lo podía ocultar. Yo, que le conocía, sabía cuánto le apasionaba. Me preguntaba por él en el Congreso, en el Palace, en todos los lugares donde le encontraba. Creía que el señor Ventosa era un producto raro en la política general y le consideraba un hombre ecuánime, prudente, serio, equilibrado. El señor Marcelino tenía razón de sobra y su juicio se acercaba a la verdad.

El señor Oreja fue asesinado en Mondragón el día 5 de octubre. Fue asesinado en el mismo pueblo que había hecho crecer y vivía de sus inquietudes de industrial. Este terrible acontecimiento ha producido una enorme impresión en el País Vasco. Ha sido un golpe indudable contra los nacionalistas, y en general, contra los partidos que habían coqueteado con la revolución. La figura del finado era bastante considerable en todos los campos de la actividad del país, era lo bastante respetada como para que el horror que se ha sentido ante el suceso sangrante se haya traducido en una crítica despiadada contra los partidos que por inconsciente frivolidad han hecho posible la práctica de enormidades semejantes.

El señor Oreja era un patrón modelo. Alrededor de la fábrica que dirigía se mueve un conjunto de instituciones sociales modélicas que le acreditaban como hombre saturado de sentido humano. Enamorado de la doctrina social católica y, a un tiempo, del particularismo del país, su sueño había sido, años atrás, encuadrar el movimiento obrero vasco en las doctrinas de la democracia cristiana. Pero después de grandes esfuerzos desistió, a causa del camino peligroso que tomaba el nacionalismo vasco en casi todos los campos. Los últimos acontecimientos le han dado la razón, y ha dejado la vida en el momento en que todas sus reservas se han confirmado.

En Mondragón hay una auténtica desolación. La gente con quien hablo insiste, en todos los tonos, en eximir de responsabilidad al pueblo. Parece demostrado, en efecto, que fueron las turbas fugitivas de Eibar, tras ser tomadas la población y la fábrica de armas por el ejército, las que cometieron los asesinatos. Las mismas turbas asesinaron, en el propio Eibar, al señor Larrañaga. Después, se lanzaron como fieras sobre Mondragón y cometieron las atrocidades.

Recojo dos versiones de la muerte del señor Oreja. Según los socialistas, el señor Oreja se encontraba en el despacho de su fábrica cuando las turbas entraban en la plaza misma del pueblo. Se aconsejó al señor Oreja que saliera por una puerta excusada y huyera. Sin embargo, parece que salió por la puerta principal, alegando que no tenía que esconderse por nada. En la puerta, una descarga le dejó sin vida, muerto en el acto. Una versión más dolorosa es la que procede de los sectores de la derecha: la detención del diputado, el proceso que le hizo un tribunal revolucionario y el fusilamiento después de haber hecho sufrir al diputado un calvario.

Indago entre la gente del pueblo. La gente no quiere hablar de nada. El suceso es demasiado reciente como para comprometerse. En cambio, me cuentan que los de Eibar proclamaron en Mondragón el comunismo libertario, abolieron la moneda y montaron un restaurante en la Casa del Pueblo de la localidad, ¡en el que se comió y se bebió largamente las sustancias sólidas que fueron robadas en las casas... de los demás!

Los nacionalistas vascos me dicen:

—Nosotros, los directores del movimiento, no queríamos la revolución. Nuestros cuadros pensaban lo mismo. Así se lo dijimos al señor Lerroux. Pero nos ha ocurrido una cosa: hemos sido desbordados.

—¿Desbordados por quién?

—Por la Solidaridad de Obreros Vascos, que era el ala izquierda de nuestro partido.

—¡Ah!

Ahora ya verán ustedes cómo se pone de moda la teoría del desbordamiento. Companys ha sido desbordado por Dencàs. Besteiro habrá sido desbordado por Largo Caballero y los intelectuales extremistas del socialismo. Los nacionalistas (Horn, Aguirre, Monzón) habrán sido desbordados por la Solidaridad de Obreros Vascos. Ya veremos cómo, en Asturias, Teodomiro Menéndez habrá sido desbordado también por hombres que un día u otro figurarán en las primeras páginas de los diarios.

Esta teoría es antigua. Si se dedican a la política demagógica, ¿quién podrá evitar que un demagogo más audaz siegue la hierba bajo sus pies y les desbanque? Companys ha sido desbordado por Dencàs. Y Dencàs, ¿por quién ha sido desbordado? ¿Por Badia? Y Badia, ¿por quién habrá sido desbordado? Es la cadena de los desbordamientos. Es la cadena que ha sido estudiada casi científicamente a propósito de la Revolución francesa: Necker desbordado por Sieyès; Sieyès desbordado por Mirabeau; Mirabeau desbordado por Brissot y los girondinos; Brissot desbordado por Danton; Danton desbordado por Robespierre y Marat; Robespierre desbordado por Babeuf y los comunizantes... Después el desastre, y después del desastre la reacción que planta cara: ¡Termidor!

Ya ven ustedes, pues, que la invención de la teoría del desbordamiento no es del día 6 de octubre. Es tan vieja como la política. Los mismos estudios realizados sobre el desbordamiento considerado como ley política inexorable en relación con la Revolución francesa han sido aplicados a la historia de la Grecia antigua. Sería grotesco, pues, que, a fuer de explotar el desconocimiento absoluto de la historia en este país, los espíritus primarios que nos han desgobernado y cubierto de vergüenza durante tres años y medio pudieran decir:

—Hemos sido desbordados, ¿entiende? —Y se fueran a casa a descansar un poco, tranquilamente.

Los hombres del nacionalismo vasco son, pues, los responsables de la situación de su país. Son un partido formado por católicos. Son un partido tradicionalista y burgués. Son un partido contrario a la violencia, a la anarquía y al desorden. El hecho es que durante todo el verano funcionaron según el estilo de Esquerra de Catalunya. Con plena inconsciencia han seguido el juego de las fuerzas más subversivas del país. Nacionalistas a ultranza muchos de ellos, se convirtieron a última hora en seguidores de Prieto, Azaña y los comunistas. Es absurdo pensar y suponer que no iban a ser desbordados; lo extraño es que no lo hayan sido antes y más intensamente.

Es triste tener que decirlo y recordarlo. Se han quemado iglesias y asesinado sacerdotes; ha habido muertos y heridos en Eibar, en Pasajes, en todos los puntos de concentración social del país. Se ha asesinado a los señores Larrañaga y Oreja Elósegui. En Bilbao ha habido momentos desagradabilísimos. El asalto y saqueo a las tiendas y comercios de Sestao asciende a más de seiscientas mil pesetas. Ha sido quemado el Palacio Salazar de Bermeo. En comparación con lo que ha pasado en Asturias, esto, ciertamente, es poco. Pero que todo esto haya podido hacerse y llevarse a cabo flirteando con un partido católico, capitalista, tradicionalista y contrario a la violencia, pasa realmente de la raya.

La situación del País Vasco no está, en el momento de escribir estas líneas, definitivamente solucionada. Aún hay ciertos pueblos de la zona minera —como Somorrostro— donde las cosas no están claras. Es una cuestión de tiempo. La aviación sobrevuela estos pueblos lanzando propaganda. Este país reúne —tanto como Asturias— condiciones geográficas magníficas para la guerra social o civil y sobre todo para la resistencia. La gente tiene siempre el recurso de echarse al monte y sobrevivir con pocas dificultades. Para un conocedor del país, no hay aviación, ni artillería, ni regimientos de muchachos, naturalmente poco fogueados, que valgan. La estrechura de los valles, la dificultad que encuentran las masas de tropa para maniobrar en ellos, la dificultad de los aviones para volar bajo a causa de la orografía del país, hacen que nos encontremos, en el año 1934 de este siglo, aproximadamente igual para estos efectos que hace un siglo. Pese al aspecto de confort exterior, vivimos rozando la posibilidad de la guerra civil. En Asturias hemos vivido durante muchos días las escenas de la guerra civil. En el País Vasco, porque Dios ha querido, nos hemos ahorrado la repetición de las escenas antiguas y si la gente no se ha echado al campo ha sido por un puro azar favorable. Es porque persiste en nuestro país el primitivismo más puro y más peligroso cubierto completamente por una costra de civilización superpuesta, que resulta extraño que los políticos no comprendan la gravedad de las posiciones frívolas, demagógicas y pseudohumanitarias.

(La Veu de Catalunya, 23/X/1934)

Una encuesta en el norte de España (III)
Llegada a Asturias – Impresión de conjunto – Las causas de la revolución

He podido llegar a Gijón, vía Santander-Llanes. En Llanes, la vía del tren se interrumpe, y he tenido que alquilar un taxi que me ha traído, por Ribadesella, hasta aquí. Es el único camino natural y practicable para llegar a Oviedo. Dudo que ningún periodista haya podido llegar por un camino diferente. Lo primero que he de advertir es que la inmensa mayoría de las informaciones sobre la situación en Asturias son indirectas y generalmente inventadas.

Gijón está en paz. Los soldados de la infantería de marina protegen a la población. Hay un gran movimiento de tropas en la calle. Siendo el puerto el camino de llegada de las tropas, hay un gran movimiento de barcos. En Gijón, la huelga duró poco, pero fue muy violenta. En esta comarca asturiana domina la FAI, que aquí, como en todas partes, se ha unido al movimiento —cuando lo ha hecho— a regañadientes. La huelga concluyó aquí cuando murió quien dirigía el movimiento, el anarquista José María Martínez. El barrio alto de la ciudad —Cimadevilla, barrio de pescadores— fue bombardeado por el crucero *Libertad*. Hay una docena de casas destruidas. Una estampa de la gran guerra.

En el momento de escribir estas líneas la situación no está, ni mucho menos, dominada. Toda la parte sur de Oviedo se mantiene invulnerable. Hay también un grupo peligrosísimo en Grado. En general, se puede decir que los mineros tienen toda la zona asturiana del carbón en su poder. La unión de las columnas militares aún no se ha efectuado. En general, aquí se considera que las operaciones serán dificilísimas, dada la orografía dantesca del país. Se trata de un país casi inaccesible y de una complicación enorme. Se tiene la esperanza, claro, de que los mineros se cansen. Tienen armas y municiones en abundancia. Las municiones —se puede alegar— se agotarán un día u otro. Es cierto. Pero la gente de aquí cree que los mineros tienen una enorme cantidad de dinamita robada de las minas y de la fábrica de Trubia. Los puntos fuertes de la resistencia son Siero, Nava, Noreña, Langreo, La Felguera, Sama, Laviana, Olloniego, Mieres, Figaredo, Proaza, Santo Adriano, Trubia y Grado. La columna que subía por Pajares y que mandaba el general Bosch (hoy la manda el general Balmes) no ha pasado, al parecer, de Campomanes. Hay otra columna que marcha de oriente a occidente con tropas del País Vasco y de Navarra. El general López Ochoa entró en Oviedo dando una gran vuelta, esto es, describiendo un gran arco por el lado occidental de la provincia y entrando en la capital por el noroeste (Avilés). El general López Ochoa hizo una operación arriesgadísima que consistió en dejar los puntos de resistencia en la retaguardia. La ocupación de Oviedo fue forzada para producir un efecto moral en toda España, lo que se alcanzó de forma indudable.

No se tiene ninguna noticia del interior de la zona minera, lo cual no debe extrañar dada la orografía del país. Se hace difícil, incluso, fijar objetivos concretos sobrevolando el lugar por ser la zona minera un sistema de barrancos estrechísimos separados por montañas de elevación fantástica. Al fondo de estos barrancos suele pasar una carretera, el ferrocarril y una corriente de agua. A veces, entre las paredes del barranco hay distancias irrisorias; se trata, pues, de desfiladeros peligrosísimos a través de los cuales el avance de las columnas, el transporte de las vituallas y las maniobras militares más sencillas se hacen con dificultades inenarrables.

Hay que decir, además, que todo este sistema de barrancos está considerablemente trabajado por la mano del hombre. Todo son pozos, bocas de minas, planos inclinados, construcciones de todas clases. Se trata en realidad de un laberinto de una enorme complicación, que la gente del país conoce palmo a palmo, lo cual explica la facilidad de la resistencia. Solo se puede arriesgar si se cuenta con tropas de un indescriptible valor personal, acostumbradas a luchar a pecho descubierto. Ello explica el envío aquí del Tercio —ya hay tres banderas de estas tropas— y de una mía de regulares marroquíes. Aun así, se observa una creciente prudencia de dichas tropas, prudencia explicable por la impunidad casi asegurada de los sediciosos.

No se sabe, pues, lo que pasa en el interior de la zona. Destaco la impresión muy general de que el ídolo de los mineros asturianos, Belarmino Tomás, se ha constituido, en Langreo, en comisario permanente de la revolución. Belarmino Tomás es la primera figura del socialismo asturiano.

Al iniciarse la revolución, Asturias estaba prácticamente desguarnecida. Había un regimiento de zapadores en Gijón, un regimiento de infantería en Oviedo y unas tres o cuatro compañías de guardias de asalto. Ahora hay aquí operando de dieciocho mil a veinte mil hombres de todas las armas.

Me es imposible a estas horas facilitar información sobre lo que los periodistas llamamos los «hechos». Tengo tanto original ante los ojos, sobre cosas anecdóticas, que si empezara a escribir no acabaría nunca. Daría, además, una impresión incoherente sobre la situación en Asturias. Dejo los hechos en el telégrafo, y constato que en estos momentos estamos en Asturias el señor Cardona, de la Associated Press de Madrid, y yo. No ha llegado nadie más. Están los corresponsales asturianos de los diarios de Madrid, quienes hacen lo que pueden, generalmente reportajes basados en los fugitivos de la zona minera.

La única forma de hacer algo positivo es trabajar de manera sistemática. Hemos de empezar por el principio.

Después de una investigación pormenorizada, puedo decir que el movimiento de Asturias es un movimiento inicialmente socialista, desbordado primero por la Juventud Socialista del mismo partido. La huelga comenzó el día 5 y fue, en toda Asturias, pacífica y generalmente fría. La huelga empezó a adquirir un aspecto francamente revolucionario el día 6, a las once de la noche, es decir, cuando se comenzó a saber en estas tierras lo que decían en Barcelona los representantes de la Generalitat. Desde las once de la noche del día 6, este país entró en una situación espasmódica. Los obreros de las minas, en masas compactas, entraron en Gijón, Oviedo, Avilés y en los núcleos urbanos de la provincia, y en general se mantuvieron en ellos —excepto en Gijón— muchos días seguidos. Dieron pruebas, en las primeras horas, de una cierta organización militar y política, pero con una rapidez fulminante fueron desbordados. Desde que se inició este desbordamiento, no hubo nada seguro y se produjeron los acontecimientos terribles de Oviedo, que hacen palidecer los hechos más dramáticos ocurridos en la historia política de todos los tiempos. Oviedo es una población que está hoy prácticamente destruida.

Los revolucionarios, una vez constituidos en los pueblos de que pudieron apoderarse, cometieron un crimen: armaron hasta los dientes a la gente del hampa. Esta gente se dedicó al saqueo desde el primer momento.

La táctica de las ocupaciones fue como sigue: asedio de los cuarteles de la Guardia Civil o de la Guardia de Asalto. Innumerables matanzas. Ocupación de las tiendas de alimentación y de los almacenes. Instauración del régimen de vales con la abolición de la moneda consiguiente, para obtener cosas que comer, beber o vestir. En ciertos pueblos, este régimen fue mantenido y la revolución transcurrió con una relativa tranquilidad. Pero en muchos pueblos el régimen de vales fue superado por el saqueo franco. En Oviedo, la población fue pura y simplemente saqueada.

Ya daremos detalles más adelante; ahora importa señalar las causas de tales enormidades. La opinión general en Asturias culpa a los socialistas de lo que ha pasado y pasa. Se trata de un caso de enervación de la opinión obrera auspiciado desde la tribuna pública y sobre todo desde el diario socialista de Oviedo *Avance*, que ha sido dirigido por el periodista madrileño, hoy preso, Javier (Javierito) Bueno. Los dirigentes del socialismo asturiano, Teodomiro Menéndez; Amador (Amadorcito) Fernández; Belarmino Tomás; Perfecto González; González Peña, secretario del sindicato minero asturiano, hombre de carrera; Bonifacio Martín; Gracián Antuña (que ha muerto en la revolución) y algunos otros dirigentes, hicieron tanta propaganda demagógica, prometieron tantas cosas que no pudieron cumplir, hablaron tanto de Rusia y de la revolución, que prácticamente la gente, después de las elecciones, se desbordó. El fruto de la propaganda lo recogió sobre todo la juventud de las minas, que es la que ha llevado y lleva a cabo la revuelta. «No puede figurarse —me decía un ingeniero de las minas de Laviana—, no puede figurarse la pedantería, la cultura primaria y esquemática, la locura interna de esta juventud.» En Asturias ha habido, en los últimos meses, un programa político y social único que se resume en esta frase: «¡Como en Rusia! ¡Hay que hacer como en Rusia!».

Ayudó enormemente a todo esto la labor de *Avance*, el diario socialista. Dicho diario, que hoy está materialmente destruido, llegó a tener una enorme tirada. Realizó una política de lo más pedestre, envenenó las cuestiones más vidriosas de los pueblos, efectuó una tarea de insensatez y de destrucción que debe calificarse de genial. Cualquier cosa infecta sirvió de pretexto para los hombres de *Avance* y ellos son los responsables, en gran parte, de la situación moral del país asturiano.

Sobre estas causas imponderables se ha llevado a cabo el movimiento de sedición. Las causas ponderables han sido el dinero, enviado en abundancia desde Madrid, las numerosísimas armas, las ametralladoras, los cañones robados en las fábricas de Oviedo y de Trubia —los sediciosos llegaron a tener doce piezas de artillería y abundantes morteros de las fábricas militares—, y en general —como capa— la debilidad del gobierno Samper durante el verano, que ha hecho posible toda clase de movimientos.

Pero, naturalmente, estos elementos fueron desbordados enseguida, por lo que decíamos al principio; es decir, por haber armado a los elementos del hampa. Solo hay que referir un hecho que lo ilumina todo: durante los nueve días en que Oviedo estuvo en manos de los sediciosos, tuvo tres comités revolucionarios sucesivos: el primero era exclusivamente socialista; el segundo estaba formado por comunistas y socialistas, y el tercero, por comunistas puros.

(*La Veu de Catalunya*, 24/X/1934)

Una encuesta en el norte de España (IV)
Los aspectos de la situación en Asturias
– La ciudad destrozada: Oviedo

Los mineros de Asturias comienzan a fatigarse. Ahora llega la noticia de la toma de Trubia por fuerzas del Tercio de Regulares y de infantería. Buena noticia. Se ha observado que una gran parte de los mineros se ha echado al monte. Si es posible celebrar operaciones pacíficas como la de Trubia, dentro de unos días Asturias estará pacificada. Hay que tener, pues, paciencia y confiar en el cansancio de los mineros y en la labor de presión que está ejerciendo sobre ellos el enorme contingente de tropas que comanda el general López Ochoa.

La tarea realizada por las fuerzas del mencionado general está destinada principalmente a limpiar los alrededores de Oviedo en un radio de unos veinticinco kilómetros y a asegurar la comunicación con el mar por Gijón y Avilés. El puerto de Avilés, sin embargo, por ahora es inutilizable, porque los revolucionarios embarrancaron en la bocana del puerto el buque de seiscientas toneladas *Agadir*. Este deberá ser volado para dejar expedita la entrada a Avilés por mar.

Las tropas avanzan lentamente, no solo porque la orografía del país no permite otra cosa, sino porque un elemental deber de prudencia así lo exige. La sensación aquí es de que los sediciosos poseen enormes cantidades de dinamita y dado que, como también dije, la zona del carbón está llena de galerías subterráneas, pozos y trampas de toda clase, existe siempre el peligro de que las tropas sufran un atentado que produzca una hecatombe. Por ello se avanza con pies de plomo y se procura, además, que el avance sea pacífico.

A pesar de todo, contrasta el optimismo de los comunicados oficiales militares con el escepticismo de la gente del país. Los asturianos conocen a sus mineros. Saben que son muy duros. Por otra parte, el movimiento ha sido protagonizado por los mineros más jóvenes, que son los más exaltados y los más resistentes. Estos elementos tienen siempre el recurso de echarse al monte y resistir tanto tiempo como quieran. En Asturias, lo más fácil es lanzarse al campo, porque la puerta delantera de las casas de la zona minera suele dar casi siempre a una carretera y la puerta trasera linda con el monte lleno de castaños y robles. En general, cuando las tropas llegan a algún punto de esta zona solo encuentran a las mujeres y a los hijos de los mineros. Los hombres ya han volado. En las zonas más peligrosas del País Vasco ha sucedido lo mismo.

Ahora bien, un hecho aceleró la pacificación —me lo dice todo el mundo en Asturias—: el movimiento ha carecido de líder. Ha sido un movimiento gregario, espontáneo, un alzamiento en masa de los mineros. Unos comités endebles como una hoja que se lleva el viento han tratado sucesivamente de controlarlo. Ha sido imposible. Lo que se decía al principio de que las tropas revolucionarias iban uniformadas y estaban encuadradas no se ha confirmado. Los mineros bajaban de las minas simplemente armados. Después, al producirse el saqueo de tiendas y almacenes, se vistieron un poco mejor con los impermeables, abrigos y zapatos robados. Lo que tuvieron y tienen en abundancia son las municiones y la dinamita.

El primer comité de Alianza Obrera que funcionó en Asturias estuvo integrado casi exclusivamente por socialistas; dicho comité, al cabo de pocas horas de haberse iniciado la huelga, ya se había tenido que ocultar. El segundo lo formaron los socialistas y comunistas, y duró un par de días. El tercero fue simplemente comunista. Firmó las órdenes y requisó toda clase de cosas en nombre del comité revolucionario de la Alianza Obrera y Campesina de Asturias. Este comité, según me dicen algunos oficiales que tomaron parte en la toma de Oviedo, dio muestras de un cierto sentido estratégico: la retirada de los revolucionarios fue llevada a cabo defendiendo las posiciones palmo a palmo.

En general, las escenas de horror de las que, como simple rumor, se informó la semana pasada en Madrid no se pueden reseñar, por la sencilla razón de que nadie sabe lo que ha pasado en el interior de la zona minera. Cuando se pueda acceder a la misma, se podrá saber todo. Ahora es mejor abstenerse de dramatizar una situación que ya es bastante dramática. Solo hay que tener presente que en estos momentos el número de muertos constatados supera probablemente el millar y que el número de heridos es considerable. En los hospitales de sangre de Gijón hay unos quinientos heridos ingresados. Se prevén diez o doce días, aún, de operaciones militares. Trubia, que acaba de ser tomada, dista doce kilómetros de Oviedo.

El único modo de trabajar es instalarse en Gijón para tener aseguradas las comunicaciones con Barcelona. No hay ninguna comunicación normal con Oviedo, pero, después de haber obtenido un pase militar, se puede ir en taxi. De Gijón a Oviedo hay veintiocho kilómetros. El viaje es una odisea. Tres puentes de la carretera han sido volados. Los ingenieros militares han construido tres cosas que parecen puentes para pasar. Por fortuna, no ha llovido en estos últimos días. Hace un tiempo frío pero seco, lo que permite pasar. Si llueve, las comunicaciones entre estas dos ciudades serán un desastre.

Regreso a Oviedo aterrorizado por el aspecto que presenta la ciudad. No creo que la lucha civil entre ciudadanos de un mismo pueblo haya llegado nunca al extremo a que llegó aquí. Son los mismos espectáculos de la guerra europea. En el terreno de la lucha política, hay que remontarse a las escenas de la *Commune* de París para encontrar algo parecido. Y aún más: hay que condimentar estas escenas con la ferocidad de las de la guerra civil que vivieron nuestros antepasados.

Oviedo es una ciudad de unos cincuenta mil habitantes. Los setenta edificios que conformaban el perfil urbano de la capital de Asturias han sido saqueados, volados y quemados. He aquí un inventario del estado de la ciudad:

Los alrededores de la ciudad muestran signos tangibles de la lucha. Las casas de campo de las inmediaciones están llenas de impactos. Todas tienen izada, en el tejado, una bandera blanca. Los postes y cables del teléfono, las conducciones eléctricas, han sido derribados y cortados. Entramos en Oviedo por el barrio del Seminario, donde ha instalado su cuartel general López Ochoa. En el mismo se encuentra preso Teodomiro Menéndez, quien estuvo a punto de ser linchado por la población tras ser detenido. Una compañía del Tercio tuvo que protegerle con las armas.

Entramos en Oviedo, y en la primera calle encontramos un suelo centelleante de partículas de vidrio. Se tome la calle que se quiera, inmediatamente aparecen casas reventadas, tejados derrumbados, montañas de material humeante derribado, hierros retorcidos. La ciudad desprende un olor insoportable a causa del hundimiento de las cloacas. La gente del país no sabe aún lo que le pasa. Camina errabunda por las calles y parece buscar algo extraño —los cabellos desordenados, sin afeitar—. La gente, cuando se encuentra por las calles, se abraza llorando. Casi todo el mundo se despidió de la vida durante los nueve días de dominio de las turbas y de bombardeos de la aviación.

De la universidad no quedan sino cuatro paredes. Lo demás ha sido derrumbado. Era un edificio del siglo XVII, con una biblioteca de sesenta mil volúmenes. En el alféizar de los marcos de las ventanas que quedan en pie, permanecen montones de libros que sirvieron de aspilleras para disparar. En el centro del claustro ha quedado en pie la estatua del fundador de la universidad, señor Fernando Valdés de Salas. A su alrededor todo es una mina y hay montones de material ardiendo.

El Instituto ha sido dinamitado y quemado. Del Teatro Campoamor —que era un pequeño teatro provinciano delicioso, con asientos de terciopelo rojo y molduras de oro— solo queda la fachada, desde cuyas ventanas se ve el cielo. Del Palacio Episcopal no queda sino un montón de ceniza. La Delegación de Hacienda ha desaparecido. No pudieron derrumbar la Catedral porque sus bloques de piedra resistieron. Pero incendiaron y chamuscaron las torres —gótico florido— de la basílica. Del magnífico edificio de la Audiencia, del edificio del Banco Asturiano, del Banco Español de Crédito, solo queda el recuerdo. El Banco de España fue atacado y parece que se llevaron, en efectivo y con documentos de las cajas, unos dieciséis millones de pesetas, pero yo personalmente no lo he podido confirmar.

Todo el barrio comercial moderno de Oviedo ha quedado destruido. Hay manzanas enteras de casas de cinco y seis pisos que no conservan si no las paredes exteriores. Tanta destrucción produce una enorme impresión. Del magnífico hotel Covadonga, del Inglés, del Flora, queda lo mismo que del edificio del Automóvil Club. La visión de estos bloques hendidos, que han sido volados con dinamita, después de ser saqueados, es inolvidable, horroriza. No ha quedado ni un café céntrico en pie. El café Niza, los bares Dragón y Riesgo han desaparecido bajo una montaña de escombros. Todo lo de Oviedo impresiona, pero la destrucción de los cafés debe destacarse, porque no creo que hubiera ocurrido algo semejante en ninguna revolución anterior. Un café, ¿no es la casa de todos, no es el lugar de confluencia de las más diversas ideologías, de los pensamientos más opuestos? La destrucción de estos cafés es un hecho de un sadismo y de una anormalidad total.

Han sido destruidas las siguientes grandes tiendas: Hijos de Simeón, Casa Singer, Casa Natalio, Camisería Inglesa, El Paraíso, Mi Tienda y otros comercios puestos bajo la advocación de los nombres pintorescos de la imaginación comercial. Se puede decir que en las tres calles comerciales por excelencia, lo más moderno de la ciudad —calle de Fruela, de José Tartiere, de Uría—, no ha quedado nada. Han sido destruidos también el edificio y la magnífica torre que tenía el diario socialista *Avance*. En los barrios obreros hay un número ingente de casas, sin estilo y sin historia, derribadas —casas que producen, si cabe, un efecto todavía más triste que el de los edificios históricos que han sido arrasados—. Más de setecientas familias han quedado al raso. Hoy en Oviedo no se puede comer, ni dormir en ningún lugar digamos público. La vida de la ciudad ha quedado totalmente colapsada. Pasarán muchas semanas hasta que la vida se normalice; pasarán años hasta que Oviedo vuelva a ser lo que fue. En esta ciudad existe un espléndido espíritu regional y local, y lo que ha caído será otra vez levantado. Pero hay cosas que han desaparecido para siempre, como la universidad y el teatro.

Esta es la obra del socialismo y del comunismo en comandita con los hombres de Esquerra Catalana. Han sembrado por doquier la destrucción, las lágrimas y el cieno. Cuando se ve Oviedo —como yo acabo de verla— en el estado en que se encuentra, no hay justificación posible de la política que ha provocado semejantes estragos. A la salida de la ciudad me detiene la guardia del cuartel. Me instan a que entre en el edificio, que en parte es hospital de sangre. Mientras arreglo los documentos, siento los alaridos de los heridos, algunos de los cuales yacen esposados. Entran, mientras tanto, sobre una litera llena de sangre, a una niña de doce años, rubia y guapa como un sol, con un pulmón atravesado. Salgo de Oviedo llevándome las manos a la cabeza.

(*La Veu de Catalunya*, 25/X/1934)

Una encuesta en el norte de España (V)
La rendición de la zona minera – Anomalías asturianas

Regreso de Oviedo-Mieres-Sama de Langreo. El teniente coronel Yagüe, del Tercio, ha entrado hoy en Mieres a las once de la mañana. El general López Ochoa, en persona, al frente de una columna, ha ocupado Sama de Langreo y La Felguera, aproximadamente a la misma hora. Gracias a la ayuda que me han prestado los compañeros del diario *La Prensa* de Gijón y a la amabilidad de las autoridades militares, hemos podido, el redactor Valdés, de *La Prensa*, y yo, ser los primeros civiles en entrar en las citadas poblaciones después de quince días de incomunicación. La operación, a cargo del Tercio, la artillería y la infantería, ha sido completamente tranquila.

La rebelión de los mineros de Asturias se puede dar, con estos hechos, por acabada. La ocupación de los demás puntos, a los que la tropa no ha llegado, es simplemente una cuestión de días. Los mineros no opusieron ya ninguna resistencia. López Ochoa hará, si se cumple la palabra dada, una serie de paseos militares sin disparar ni un tiro.

En Sama, he podido tener una confirmación auténtica de la entrevista de López Ochoa con el líder socialista minero Belarmino Tomás. Con su rendición habrá acabado pacíficamente esta terrible aventura, y se habrá evitado que la insurrección se eternizara y costara un baño de sangre. Sama de Langreo sobre todo, con La Felguera, son puntos estratégicamente inaccesibles.

Ayer jueves, día 18, a las siete de la tarde, Belarmino Tomás reunió a todo el pueblo de Sama ante el Ayuntamiento, y este hombre, que tiene un prestigio inmenso entre los mineros, les dirigió la palabra:

—Acabo de llegar de Oviedo —les dijo—. He sido llamado por el general López Ochoa. Como consecuencia de la conversación mantenida, creo que nos tenemos que rendir. Tenemos que rendirnos porque ya se ha derramado demasiada sangre. ¡Conmigo haced lo que queráis! ¡Matadme, fusiladme, arrastradme por las calles! Yo creo que nos tenemos que rendir.

»Si Cataluña, Valencia, Madrid, Bilbao y Zaragoza hubieran respondido como hemos respondido nosotros, en estos momentos el socialismo se habría implantado en todo el país. Nosotros hemos vivido en régimen socialista desde el día 6. Nosotros, los asturianos, hemos cumplido.

Belarmino Tomás, por la noche, con los hombres del comité central y de los subcomités, huyó a la montaña. Su salida fue espectacular y el pueblo le aplaudió. Cuando los primeros soldados de López Ochoa tenían a la vista La Felguera y Sama, han encontrado un pueblo de sábanas y toallas blancas en la fachada, con la gente en la calle, en actitud fría pero pacífica. El Tercio ha ido a la Casa del Pueblo, donde ha encontrado tres camiones de fusiles. A las cinco de la tarde de hoy, día 19, López Ochoa, acompañado por su estado mayor, fumaba un cigarrillo en el balcón del Ayuntamiento de Sama. Nos ha recibido radiante y contento. En síntesis: el alzamiento de Asturias está acabado... hasta el próximo movimiento.

En Mieres, después de la muerte de Llaneza, no ha habido un líder político capaz de controlar el movimiento. Por ello, lo que podríamos llamar el traspaso de poderes fue más laborioso. El comité revolucionario, después de las declaraciones de Belarmino Tomás, entregó la dirección del pueblo a un denominado Comité de Paz, presidido por O. Avelino Martínez, concejal radicalsocialista. Este señor, con sus compañeros del Comité de Paz, preparó la entrada en Mieres de las tropas en la madrugada pasada. El teniente coronel Yagüe entró, en efecto, sin disparar un solo tiro. El comité revolucionario y los subcomités huyeron de la población poco tiempo antes de llegar los soldados.

Esta es la historia del fin del movimiento asturiano. Es un final realizado con vistas a producir un efecto en toda la Península. Es un final que se explica, por otra parte, teniendo en cuenta la enorme fuerza de los socialistas en la cuenca minera. Si hubieran querido resistir, la operación habría sido dificilísima.

Estas poblaciones de la zona minera han vivido quince días en régimen absolutamente socialista. Ya lo explicaremos en su día, porque hay detalles curiosísimos. En todo caso, es la experiencia más profunda que ha vivido el socialismo revolucionario español desde que existe.

Hay anomalías, en la situación general de Asturias, que dan que pensar. En la provincia asturiana hay cuatro importantísimas fábricas de armas.

Dos del Estado y dos de la Sociedad Española de Explosivos. Las del Estado son la de Trubia y la de la Vega (barrio de Oviedo). La primera es de cañones. La segunda es de fusiles. Ambas están controladas por este fantástico organismo creado por el señor Azaña, llamado el Consorcio de Industrias Militares, que ha jugado un papel tan siniestro en el último alijo de armas. Antes, el personal de estas fábricas estaba militarizado. A partir del gobierno del señor Azaña, fueron puestos en libertad los obreros de estas fábricas, sobre las que enseguida se proyectó, naturalmente, toda la intriga socialista y sindical. Cuando los revolucionarios se apoderaron de estas fábricas —o sea cuando los obreros de estas fábricas las entregaron—, encontraron una enorme cantidad de material de guerra en Trubia y treinta mil fusiles en la Vega, completamente nuevos, a punto para disparar.

Había, además, dos grandes fábricas de material de guerra, propiedad de la Sociedad Española de Explosivos; a saber: la fábrica de dinamita de La Manjoya y la fábrica de pólvora de Cayés (Lugones). Todo esto cayó en manos de los revolucionarios en los primeros momentos.

Ahora bien: para vigilar todo este peligrosísimo sistema había un regimiento de infantería —que en el momento de la revolución estaba en cuadro— y un puñado de guardias de asalto. Los socialistas desembarcaron el material de guerra en San Esteban de Pravia, y lo hicieron allí, ahora se ve claro, para asegurarse. Con lo que cogieron en las fábricas tuvieron bastante para hacer lo que les dio la gana.

La monarquía ha sido criticadísima —con razón— en el aspecto de la frivolidad y de la irresponsabilidad. Pero no creo que haya precedentes en este aspecto más graves que los que presenta la República. Cuando se examina en el terreno concreto la obra militar de Azaña, no se sabe si este hombre fue un inconsciente o un insensato. Los hechos gravísimos de Asturias juzgan con un baño de sangre la obra de un hombre y de un estado de opinión típicamente desorbitada, manicomial.

Los sucesos de Asturias no se explican. Superan todo esfuerzo racional, cualquier explicación lógica. La última huelga no tiene explicación en el campo societario. No había parados en Asturias. Todo funcionaba —me dice aquí todo el mundo— a pleno rendimiento. El jornal mínimo en las minas era de nueve pesetas. El ordinario oscilaba entre doce y quince pesetas. La jornada era de siete horas. El jornal mínimo se aplicaba a los trabajos al aire libre, o sea fuera de las minas. Asturias ofrece un indudable aspecto de prosperidad. Es un país de clase media elevada a todas las categorías del confort, de un capitalismo activo y moderno, de una clase obrera abierta a todas las perspectivas. Viniendo de Castilla, Asturias es un oasis lleno de vida, de actividad, de salud y de agitación. El país dispone de una cocina abundante, un poco tosca, muy popular, alta en calorías.

Contrastando con estos hechos, ha de observarse que Asturias es un país literalmente saturado de comunismo y socialismo. Las paredes están llenas de rótulos truculentos, en las librerías no hay sino literatura roja, la palabra revolución es la que más se ha repetido en Asturias en estos últimos años. Basta decir que el señor Melquíades y el reformismo son considerados los fascistas del país para comprender la transformación que han experimentado las ideas. Desde la República, Asturias ha tenido una serie de gobernadores a cuál peor. No ha habido principio de autoridad de ninguna clase. Las huelgas —como la de Duro Felguera— han durado meses y meses y se han cometido impunemente toda clase de atentados y de acciones violentas; ha habido una suerte de frivolidad que ha acabado trágicamente. Creo que Asturias ha sido la región de España que con la República ha sufrido más la anarquía instaurada en las mentes y en los brazos de la gente. Los sucesos de ahora no son sino la consecuencia naturalísima de un larguísimo proceso.

Los asturianos sensibles están desolados, porque el Día de la Raza, precisamente el Día de la Raza, entraron los moros en esta antigua y tradicional provincia —patria de don Pelayo— para solucionar los problemas del país. La paradoja es enorme, evidentemente, y el hecho tiene un aspecto simbólico muy curioso. Pero, en fin, no hay que apurarse. Si persistimos en los procedimientos y en el espíritu de la Península en estos tres últimos años y medio, otras cosas veremos, si vivimos.

(*La Veu de Catalunya*, 26/X/1934)

Una encuesta en el norte de España (VI)
Quince días de socialismo puro en la zona minera asturiana – La lucha en Oviedo

Las poblaciones de la zona minera asturiana han vivido, durante quince días, en régimen de socialización absoluta.

El día 6, por la mañana, los revolucionarios se habían apoderado de toda la zona. La batalla por apoderarse de las poblaciones se producía en la noche del 5 al 6. Los ayuntamientos opusieron poca resistencia. Los cuarteles de la Guardia Civil y de los guardias de asalto resistieron como leones. Se puede decir que, de dichas fuerzas, no ha quedado ninguna persona con vida. En Sama hay enterrados 87 guardias civiles y de Asalto. Los oficiales fueron fusilados. Las personas civiles opusieron una resistencia nula. Las más significadas fueron hechas prisioneras y, en general, bien tratadas. Se cometieron algunos actos siniestros contra sacerdotes: pocos casos. El rector de Mieres, señor Hermógenes, a quien la prensa de Madrid ha degollado varias veces, está fresco como una rosa en medio de estas montañas. Las monjas han sido respetadas.

El día 6 por la mañana, tras haber caído ya toda la zona en poder de los revolucionarios, los mineros jóvenes se trasladaron a Oviedo a presentar batalla. En cada pueblo se constituyó un comité central revolucionario que se subdividió en diversos subcomités: el subcomité de guerra; el subcomité político; el subcomité de abastecimientos; el subcomité de higiene, etc. Se constituyó, en una palabra, un enorme aparato burocrático. Al hacerse cargo de la dirección del pueblo, el comité central de cada pueblo lanzó un manifiesto uniforme —que había sido impreso con mucha anticipación— decretando la abolición de la propiedad privada y otorgando a los obreros la propiedad y el derecho de gestión de los negocios en que trabajaban y recordando a todas las personas que estaban de alquiler que las cosas que usufructuaban —casas o tierra— pasaban a ser de su propiedad. Al mismo tiempo, quedaba abolida la moneda y se iniciaba el régimen de vales. En dichos manifiestos se dice, también, que serán condenadas a muerte todas las personas que propalen noticias falsas —o sea, contrarias a la revolución—. Al mismo tiempo, se ordenaba que los cafés y tabernas cerraran definitivamente a fin de luchar contra el alcoholismo, y su consecuencia natural, el analfabetismo.

El día 6 se organizaron las patrullas de obreros armados para mantener el orden. Fueron reparados los desperfectos en las líneas telegráficas y telefónicas y en el tendido eléctrico. Y se formaron colas a las puertas de los ayuntamientos —colas en las que se encontraba toda la población, pobres y ricos— para obtener vales. Los dos primeros días reinó el desorden. Después, este servicio se llevó a cabo con una perfección tal que los mismos ayuntamientos los repartieron, a una hora fija, cada día.

Mientras tanto, se dieron las órdenes oportunas para evitar destrucciones. Los equipos de conservación de las minas fueron mantenidos y funcionaron perfectamente. Los desagües de las minas se realizaron normalmente. Los hornos continuaron encendidos. Las bancas fueron totalmente respetadas. He visto las sucursales del Crédito Minero y de la Banca Herrero en Sama de Langreo, La Felguera y Mieres. Están intactas. El deber sagrado de la objetividad y de la verdad siempre ha primado en mí por encima de todo lo demás. En la zona minera de Asturias, la superestructura económica está intacta y ha sido respetada. Esto demuestra una cosa, y es que en la zona minera los socialistas, que no pudieron ser desbordados, demostraron tener una organización enorme, formidable.

Los comités centrales revolucionarios dieron dos clases de vales: individuales y de familias. Los primeros daban derecho a gastar por valor de 2,40 pesetas al día. Los vales de familia eran calculados en progresión descendente, según el número de individuos que la formaban. Una familia de siete personas tenía derecho a gastar doce pesetas diarias. Con estos papeles se cometieron abusos y se decretó la pena de muerte para quienes cometieran fraudes. La gente —pobres y ricos— iba con dichos papeles a las tiendas y recibía alimentos, ropa o servicios —como los servicios de barbería—; los comerciantes tomaban nota del saqueo que podríamos llamar legal y encima tenían que poner buena cara al camarada. Ahora, como los comerciantes debían ser pagados por los comités y estos no pagaron, se presentaron a las autoridades militares exigiendo el pago de lo que entregaban. En una palabra: en esta zona se ha vivido gratis durante quince días. Las tiendas han quedado vacías, y los boticarios, médicos y toda clase de profesionales han trabajado gratis.

Naturalmente, todo esto habría acabado enseguida si los revolucionarios hubieran dominado solamente una o dos poblaciones. Pero tuvieron una enorme comarca, muy rica y muy abastecida, además de Oviedo, que saquearon violentamente. Por eso, la resistencia de los mineros habría podido ser —repito que son gente dura y sufrida— interminable.

Externamente, pues, la vida en estas poblaciones durante la dominación socialista fue normal. No se produjo —después del día 6— ningún hecho violento apreciable. El enemigo parecía lejano. A veces, muy alto, volaba un avión que dejaba caer, al azar, unas bombas. En Mieres, un avión militar causó víctimas, mujeres y niños, que ahora son atendidas en el hospital. El comité tenía como principal misión comunicar al pueblo noticias de toda España, falsificando la realidad, o sea afirmando que la revolución triunfaba.

Cuando las tropas han entrado en estas poblaciones, han encontrado destruidos los cuarteles de la Guardia Civil y Guardia de Asalto. Aparte de esto, todo se ha encontrado intacto. Cuando se llega a estos pueblos, se siente una sensación que hiela la sangre; se siente que el noventa por ciento de los hombres ha tomado parte directa en la revolución. Excepto los burgueses, los comerciantes, los frailes y curas y las mujeres, niños y viejos, ¿quién no ha participado? El movimiento socialista de Asturias es profundísimo y producirá muchos quebraderos de cabeza.

Cuando los mineros se apoderaron de las zonas del carbón, cosa que ocurrió entre el día 5 y el día 6, y establecieron en los diferentes pueblos el socialismo más o menos puro, dejaron pelotones armados en los pueblos a que aludimos y los demás —los jóvenes, sobre todo— marcharon sobre la capital de Asturias, que cercaron completamente. Oviedo es una capital de provincia de unos cuarenta y cinco mil habitantes situada en un valle al modo de una cazuela, rodeada de montañas de una relativa altura, excepto la montaña del Naranco, que domina totalmente el valle y la ciudad. Los movimientos de gente armada sembraron el pánico, pero cuando la impresión se convirtió en algo inenarrable para los habitantes de Oviedo fue cuando comenzaron a caer sobre las casas obuses lanzados desde el Naranco. Eran cañones de Trubia robados de la fábrica de armas.

Oviedo contaba como guarnición con el regimiento número 3 de infantería en cuadro, Guardia Civil y un puñado de hombres de Asalto. Al ver el movimiento asediador, la guarnición se replegó hacia los suburbios para defenderlos. La avalancha humana fue, sin embargo, más fuerte, y las fuerzas tuvieron que replegarse a las puertas mismas de la ciudad. Esto hizo que los mineros pudieran apoderarse de la fábrica de fusiles de la Vega, suburbio de Oviedo conectado por la parte de la carretera de Gijón con Lugones y por el sur con la propia ciudad. La ocupación de esta fábrica dio a la sedición unos veinticinco mil fusiles, nuevos, a punto para disparar. Con dichos fusiles se armó a toda la zona minera y a todas las fuerzas que asediaron la ciudad. Una vez se hubieron apoderado de Trubia, de la Vega y de las dos fábricas de pólvora y de dinamita, propiedad de la

Sociedad General Española de Explosivos, los asediadores dispusieron de una enorme cantidad de material para la ofensiva. La lucha se planteó, pues, desde el primer momento, en un terreno mortal.

Ahora bien: la guarnición de Oviedo, con los guardias civiles, los de Asalto y unos cuantos paisanos armados, acordaron resistir —a pesar de lo irrisorio de su número—. Y lo hicieron hasta extremos indecibles, heroicos. Su táctica consistió en ir replegándose con la máxima lentitud y después en ir defendiendo las sucesivas posiciones hasta el último extremo. Esta resistencia enorme es lo que explica la destrucción de Oviedo.

Para ir desalojando poco a poco al puñado de hombres que defendía la ciudad, los revolucionarios tuvieron que ir dinamitando literalmente las posiciones ocupadas por los defensores. Cuando no pudieron acercarse lo suficiente para volar un punto determinado, prendieron fuego al grupo de casas en el que estaba concentrado el punto de resistencia. A veces, incendiaron una casa para tomar la que estaba situada cinco números más arriba o más abajo de la que quemaban. Por eso hay, en las ruinas de Oviedo, tantas casas incendiadas.

Los revolucionarios, una vez se hubieron apoderado de los suburbios, rompieron todos los medios de comunicación de la ciudad con el mundo: volaron los puentes, hicieron añicos toda la organización telefónica, las conducciones eléctricas y las del agua. Por ello, Oviedo estuvo dos días, al menos, desconectada de Madrid y el Gobierno no tuvo absolutamente ninguna noticia durante todo este tiempo. Hasta que los primeros aviones no sobrevolaron la ciudad, no se pudo saber exactamente qué pasaba en la capital de Asturias.

La resistencia, pues, fue enorme, pero la inmensa superioridad numérica de los asaltantes obligó a los defensores de la ciudad a replegarse, al cabo de cinco días de lucha, en el mismo centro comercial y vital de Oviedo; es decir, en los alrededores del parque denominado el Campo de San Francisco. Llegó un momento en que los defensores sufrieron la presión de los asaltantes por los cuatro costados. Fue algo épico, las mismas escenas de la guerra europea agravadas por el vandalismo de la guerra civil.

Los revolucionarios, a medida que se apoderaban de la ciudad, la sometían a un saqueo sistemático. No quedó nada en ningún almacén, en ningún comercio, en ninguna casa. Se veían escenas terribles. La gente de la ciudad se escondió, naturalmente, donde pudo. Hubo familias que se refugiaron en ocho casas sucesivas, abriendo agujeros en las paredes medianeras. La gente se tuvo que alimentar del aire del cielo durante nueve días —¡nueve días mortales!—. Los revolucionarios hicieron una enorme cantidad de prisioneros. Fueron robados de la sucursal del Banco de España documentos por valor de catorce millones de pesetas. ¡Las mismas escenas de la primera guerra civil las hemos visto repetirse en Oviedo en el año 1934 de este siglo! Que tomen nota los del progreso indefinido y continuado.

Los defensores, reducidos a un puñado de fantasmas chamuscados, aún se defendían cuando López Ochoa, con el Tercio y los regulares, entró en la ciudad. Entonces se produjeron las escenas de los habitantes de la ciudad saliendo como espectros, medio enloquecidos, hambrientos, sucios, de las cuevas, los subterráneos, las cloacas y los escondrijos más absurdos. Se produjeron imponentes escenas de humanidad.

Los revolucionarios desalojaron las posiciones de Oviedo lentamente, camino de la carretera que va a Mieres y Sama, pasando por el barrio de San Esteban. Por eso, las casas de este barrio han sido destrozadas por la artillería. Pero los revolucionarios aguantaron menos que los defensores las posiciones: el Tercio y los marroquíes de la mía atacaron a pecho descubierto y asediaron los alrededores de Oviedo con las puntas de las bayonetas.

(*La Veu de Catalunya*, 27/X/1934)

Una encuesta en el norte de España (VII)
Como en la guerra... – El bienio a través de la revolución asturiana

Contrasta considerablemente, cuando se trata de Asturias, la situación deplorable en que ha quedado Oviedo ciudad y los escasos daños que han sufrido las cosas en la zona minera de Asturias. En la zona minera —pese a la crispación que fomentan los diarios de Madrid con una inconsciencia inaudita— está todo intacto, con excepción, claro, de los cuarteles de la Guardia Civil y de Asalto, que fueron los únicos escenarios de la lucha. Tanto en Trubia como en Mieres, como en Sama, ha sido no ya respetada, sino conservada, la superestructura industrial de la economía asturiana. Se cometieron crímenes, ciertamente, en la zona minera: algunos criminales aprovecharon las aguas turbias de la revolución para liquidar viejas venganzas personales. En Mieres, fue saqueada una banca particular, de la que se llevaron unas sesenta mil pesetas. Se produjeron algunas acciones violentas contra sacerdotes —veintiocho en toda la región—. Pero yo no he visto en ninguna parte el cúmulo de enormidades totalmente inventadas por los diarios de Madrid, como no he visto en la zona minera las escenas que ven ahora los corresponsales sensacionalistas —que son casi todos— y que han llegado a aquellos valles días después de haber salido los primeros periodistas que estuvimos en ellos.

Precisamente, el control que ejercieron los socialistas sobre las masas de la zona minera demuestra que el movimiento tenía una dirección y estaba gobernado. Hay que decir más aún, porque esta es la verdad: en los pueblos dominados predominantemente por la Confederación, el orden fue mantenido con más fuerza que en los pueblos socialistas. Este es el caso de La Felguera. Hay que tener, pues, la buena fe elemental, cuando se habla de Asturias, de separar Oviedo de la zona minera. Oviedo ha quedado en un estado en que toda dramatización es poca. No hay necesidad de inventar hechos que no han existido después de haber visto la enorme hecatombe de la capital de Asturias.

Y esta diferencia tiene razones que la explican de una manera clara. En la zona minera, los revolucionarios se habían adueñado de todo la madrugada del día 6. Una vez destruidas las fuerzas de la Guardia Civil y de Asalto que en cantidades irrisorias guardaban el orden en aquellos pueblos, los sediciosos no tuvieron obstáculos delante. En algunos pueblos no hubo necesidad de disparar un solo tiro, porque las parejas de la Guardia Civil se rindieron ante la avalancha de mineros y fueron apresadas. Estos prisioneros fueron tratados con mayor o menor dureza, según las características locales y la violencia de la política. En general, sin embargo, se conformaron con el espectáculo de ver a todo el pueblo —ricos y pobres— haciendo cola a la puerta del edificio ocupado por el comité central revolucionario —que ora fue el Ayuntamiento, ora la Casa del Pueblo, ora la fonda— para obtener un vale que permitiera conseguir un pan, una libra de arroz o un kilo de patatas. Nada más. Cuando leo ahora en los diarios de Madrid, firmando las crónicas periodísticas responsables, que han visto cadáveres en las cunetas de la carretera de la zona minera, quedo horrorizado ante la fantasía meridional. Cuando pienso en las famosas descripciones realizadas por fugitivos de una zona de la que durante quince días no pudo salir nadie, comprendo que la historia es un mito.

En cambio, en Oviedo la cosa fue de diferente manera, como ya he explicado. En Oviedo, los revolucionarios encontraron un enemigo formidable —¡menudo enemigo!—. En Oviedo, las patrullas del regimiento número 3 y un puñado de civiles y de Asalto y otro puñado de paisanos resistieron durante nueve días de una manera que no hay forma humana de describir. Resistieron nueve días sin comer ni dormir. Fue la exasperación que produjo en los revolucionarios dicha resistencia lo que les llevó a dinamitar los edificios urbanos centrales de la ciudad. La guarnición, pues, resistió, y esta es la explicación de lo que ha pasado en Oviedo. Después, la aviación ocasionó los naturales estragos —pocos— porque ya se puede comprender que los aviones no soltaron solamente humo y proclamas. Se produjeron, en una palabra, las condiciones de una guerra pura y simple, y se cometieron todas las enormidades y todos los estragos de la guerra. Ni más ni menos. La guerra duró hasta que el general López Ochoa, poniendo en marcha todo el aparato de la guerra moderna, se apoderó de la ciudad. Si en la zona minera se hubieran presentado las condiciones de resistencia que se dieron en la capital de Asturias, en estos momentos, de todos estos pueblos no quedarían sino ruinas y miserias.

Los contrastes que se observan en Asturias recuerdan extraordinariamente a los hechos, que ya hemos medio olvidado, de la guerra europea. Cuando hubo enemigo, la destrucción fue total; cuando, por la fuerza del número, la resistencia quedó abatida rápidamente, casi todas las cosas quedaron en pie.

La actual hecatombe de Asturias adquiere todo el aspecto trágico cuando se trata de interpretar lo que ha pasado por los procedimientos inmediatos. Los sucesos de Oviedo cierran un periodo de la historia de la Península. Cierran el periodo denominado del bienio. Este periodo, en Asturias, ha sido un desastre. Más desastre quizá que en otras regiones españolas —que ya es decir—. Cuando se sabe hoy que en el año 1932 hubo en esta provincia más de cuarenta huelgas importantísimas, que en 1933 hubo otras tantas, que en esa época los altos hornos de la Duro Felguera estuvieron parados nueve meses mortales, nadie se extraña del ruido de hoy después de las muchas cosas que fueron ocultadas entonces y, más que ocultadas, perdidas en la jungla grotesca del ditirambo humanitario de la época del bienio.

He hecho referencia en estas notas a la indefensión en que se encontraba Asturias después de las reformas militares de Azaña, pese a contar este país con cuatro enormes fábricas de material de guerra. El señor Pedregal, la persona más prestigiosa del país, ha dicho lo mismo en sus famosas declaraciones a *El Sol*. También hice referencia a la desmilitarización de la fábrica de Trubia y su traspaso al Consorcio de Industrias Militares. Como consecuencia de este hecho, entraron las intrigas de la UGT y de la CNT en la única fábrica de cañones de España, y Trubia, en la sedición actual, entró en la constelación de los revolucionarios desde el primer momento. Yo no sé si este traspaso fue teóricamente —y digo teóricamente porque todas las cosas de la época de Azaña fueron teóricas— positivo para la economía del país. Lo que digo es que no hay en el mundo ninguna fábrica de material de guerra propiedad del Estado que esté a la merced de los individuos revolucionarios más irresponsables.

Ya me perdonará el lector si insisto sobre estas cosas y no practico el sensacionalismo de los corresponsales. Esto es lo que en definitiva tiene menos interés. Si las cosas de Asturias no sirven, con su terrible e implacable experiencia, para modificar la política anarquizante del bienio, no habrán tenido ninguna utilidad y acumularán sobre las vergüenzas pasadas las nuevas vergüenzas.

Otro punto trágico que plantea la guerra civil vivida por este país es el de la propaganda subversiva. Se llegó aquí a prescindir francamente de toda sombra de pudor político. Todo lo que se movía llevaba el sello de la revolución. Ya no contaban las cosas concretas ni los deseos determinados: se pedía la revolución sin saber muy bien en qué consistía ni qué quería decir. El movimiento obrero, en todo lo que tiene de mejoras societarias y de lucha por las reivindicaciones del trabajo, ya no existía: era simplemente la organización de la lucha de clases, de la guerra franca. Una gran cantidad de burócratas del socialismo y del comunismo de aquí había ido a Rusia llevándose la impresión pueril, primitiva, sin ironía de quien va a Rusia habiendo visto el mundo simplemente por un agujero. No hay ningún muro en Asturias en el que no haya vivas a Rusia o inscripciones como «¡Salvemos a Rusia!» y otras cosas por el estilo. Por otra parte, se tenía un magnífico diario, *Avance*, del que decía con orgullo Teodomiro Menéndez en el Congreso que era el diario subversivo más importante del mundo. No hay que creer que los sucesos de Asturias han sido la consecuencia de un calentamiento momentáneo. No. Son acciones preparadas con mucha antelación, implican una organización profunda y tienen como misión principal probar el valor combativo de unas masas. Esto se ha conseguido abundantísimamente y no creo que en la historia de las revoluciones fracasadas de Europa haya un precedente tan enorme como Oviedo, tal como ha quedado. Lo que hay que decir de todas maneras es que las masas obreras han mostrado más combatividad que sus líderes sentido de dirección.

Lo cierto es que visitando este país no creo que haya otra observación que la que digo: la política que ha hecho posible esta hecatombe. Esta política lo explica todo, porque con su inconsciencia dio pie a todas estas cosas. Los sucesos de Asturias son el final implacable de un proceso iniciado tres años atrás, como la noche del 6 de octubre en Barcelona es el fin del proceso inaugurado por la entrada del señor Macià en la política catalana. Hay cosas que no pueden ser aunque la gente haya convenido en decir que el país no tiene lógica. ¡Sí tiene lógica el país! Tan solo hay que darse cuenta, seguir las cosas con seriedad y prescindir de las superficialidades y de los optimismos sin ton ni son.

(*La Veu de Catalunya*, 28/X/1934)

Una encuesta en el norte de España (y VIII)
Las operaciones militares en Asturias han acabado – ¿Y ahora qué?

Las operaciones militares en Asturias se pueden dar por acabadas —hoy 21—. Falta realizar una serie de paseos militares para hacer acto de presencia en todos los pueblos y para terminar la limpieza. El comandante Doval ha sido encargado de los trabajos de desarme de la población: el nombramiento ha causado buena impresión, pues se trata de un oficial de la Guardia Civil serio y eficiente. A continuación, habrá que ir a la descongestión militar y al regreso de las tropas a sus lugares de residencia habituales.

La gente se pregunta ahora:

—Y los culpables de todo esto, ¿dónde están? ¿Han sido detenidos? ¿Están en prisión? ¿Dónde se encuentran?

En Oviedo hay algunos socialistas conspicuos detenidos —como Teodomiro Menéndez y Javier Bueno, ex director del ex diario *Avance*—. Hay también muchos presos innominados, algunos de ellos a estas horas condenados ya a la última pena. Las condiciones propias de la guerra han hecho también que caigan con las armas en las manos algunos directores de segunda y de tercera filas del movimiento. Lo cierto es que los responsables más directos de la revolución no han sido hallados: los individuos de los comités centrales locales y los innumerables subcomités se han dispersado por la montaña y han huido. Todos ellos salieron de las poblaciones horas antes de llegar las tropas y sería difícil poder asegurar si hay algún individuo seriamente responsable de los hechos de la zona minera que esté hoy encarcelado.

Leo lo que se dice en la prensa:

—¡No hay que preocuparse! Tarde o temprano, esta gente se rendirá. Cuando se le acaben los víveres, será coser y cantar...

Los asturianos no son tan optimistas. Y no lo son porque suponen que estos hombres encontrarán en la montaña ayudas y disposiciones favorables. Creo que los asturianos tienen razón. Además, hay que observar una cosa que no por ser una impresión deja de tener una fuerza incuestionable. Y es lo siguiente: la impresión que produce la gente de la zona minera, lo que le dicen a uno *sotto voce*, es que en estos pueblos ha tomado parte en la revolución la inmensa mayoría de sus habitantes. Excepto las escasas familias acomodadas, los comerciantes, los técnicos de las minas y de las fábricas, ¿quién podría tirar la primera piedra contra su vecino? He llegado a algunas poblaciones de estas comarcas —Sama, Trubia, Mieres— poco después de haberlo hecho las tropas. He visto a la gente, fría y burlona, a la puerta de sus casas, bajo los colgajos de los trapos blancos, viendo pasar a los soldados. No es este uno de los espectáculos menos impresionantes que haya observado en Asturias. Lo comunico crudamente, sin ningún matiz, descarnadamente, porque creo que tiene una enorme importancia.

Que no crea nadie, pues, que las cosas de Asturias están definitivamente acabadas. Aquí y en toda España, la liquidación de la revuelta, que fue profundísima, la formación de un ambiente de convivencia, será muy difícil y requerirá un gran esfuerzo. El primer paso es desarmar el país. Después, retornar las fábricas de armas —esto es importantísimo— a su estado anterior, o sea militarizarlas. A continuación será necesario dar una sensación de autoridad —que ni Asturias ni ningún rincón de la Península ha conocido desde la proclamación de la República—. Esto no se hace ni en cuatro días ni en cuatro meses: se trata simplemente de iniciar una política como la que tienen todos los pueblos civilizados y continuarla con tenacidad. Se puede pensar, en efecto, lo que se quiera sobre las formas de gobierno, pero en un punto están de acuerdo todos los observadores: la República, como forma de autoridad indispensable, aún no ha empezado. Hemos vivido, en cambio, la República como forma de la anarquía, de la pereza, de la confusión, de la ignorancia humana. Después de un proceso relativamente corto, esta tendencia triunfó en Asturias y en Barcelona la noche del 6 de octubre. Se trata de saber ahora si dicha tendencia ha de persistir para conducirnos a otra hecatombe o debe concluir definitivamente.

El estado de ánimo de la gente de Asturias es deplorable. Ve a través del panorama de las destrucciones la política que ha provocado cuanto ha sucedido. La gente espera algo. Espera la aplicación pura y franca de la ley. No la aplicación de la ley sobre el material humano, gregario e innominado. Espera que, de la visión de los efectos, se pueda deducir la precisión de las causas. Y, cuando se ha visto Oviedo en ruinas, hay que confesar que este punto de vista es pasablemente razonable.

En la zona minera, la destrucción material, que es escasa, podrá ser reconstruida rápidamente. En Oviedo ciudad, el valor de los daños materiales sufridos asciende a ciento treinta millones de pesetas. La cifra es enorme, pero aún es más enorme el daño moral y espiritual padecido. Quiero decir que, dentro de unos cuantos años, la ciudad será reconstruida. Me ha parecido que en Oviedo había un activísimo patriotismo local. No hay duda: todo lo que se pueda reconstruir, será reconstruido. Lo que provoca un mayor escepticismo es la reconstrucción moral.

Los asturianos se encuentran hoy en un estado de ánimo muy natural, que con menos intensidad pero de una manera indudable sienten grandes masas de la Península: comienzan a dudar del sistema imperante como ambiente de convivencia social. Les hicieron creer toda clase de mentiras y se han encontrado con que el sistema iba sincronizado con un empeoramiento general de todas las cuestiones. Como en la inmensa mayoría de las provincias españolas, el sistema ha implicado un retroceso total: retroceso en el personal directivo; selección a la inversa de la clase política; falta de seriedad y de competencia en la manera de llevar las cosas públicas; incapacidad de resolver los problemas sociales más sencillos; anarquía creciente y progresiva para acabar con la hecatombe de la segunda semana del mes actual.

Me hablan de los gobernadores que ha tenido Oviedo en estos últimos años. En los anales del país, no se recuerda que los haya habido peores jamás. El último inauguraba una exposición de pinturas en Gijón cuando los sediciosos ya marchaban sobre Oviedo. Es la inconsciencia al servicio de la frivolidad. Y la policía, ¿cómo estaba? En la zona minera, con una población obrera densísima, había un puñado de hombres para afrontar el ataque. Hubo pueblos de cuatrocientos o quinientos mineros armados hasta los dientes que tenían dos parejas de la Guardia Civil para llevar a cabo todos los servicios de seguridad. Si se añade a ello la desmilitarización de las fábricas de armas del Estado —¡del Estado!—; la situación de indefensión en que quedó el país después de las reformas militares de Azaña; la falta absoluta de control sobre la propaganda socialista y comunista —propaganda que no habría tolerado ningún país civilizado—, se halla la explicación de por qué en Asturias todo se vino abajo como un cañizo a las primeras de cambio.

La alta burguesía asturiana tiene también buena parte de culpa en lo que ha pasado. Los intelectuales no se hablan. La Universidad de Oviedo ha pagado con su destrucción los fermentos de disgregación que lanzó. Todo el mundo era aquí demoliberal y la gente se jactaba de «izquierdismo bien entendido» y de «reformismo avanzado». Los marqueses y los banqueros coqueteaban con Teodomiro Menéndez, las cosas se pasteleaban en virtud de los principios de la confitería más enrevesada, cada día se gastaban más los principios, los caracteres, la estructura interna de la sociedad. Toda esta sarta de insensatos aspiraba a hacer como en Inglaterra o como en Francia. El resultado está a la vista. El resultado ha sido la guerra civil y la destrucción de Oviedo. Vayan ustedes al cine a ver con sus propios ojos lo que ha pasado. La letra impresa, sobre todo la periodística, no podrá dar sino una imagen pálida de los estragos y de las destrucciones que se han cometido. Ahora bien: los sucesos de Asturias, como los de Barcelona, como los del País Vasco, como los de Madrid, son la consecuencia lógica y fatal del proceso político iniciado en el año 1931, proceso que por el momento no parece que haya terminado.

La gente de Oviedo se encuentra obligada hoy, quiera o no quiera, a reflexionar. Dice:

—Bien. ¿Y ahora qué? Los militares se irán un día u otro. La ciudad será, por un proceso financiero u otro, reconstruida. Pero los gobernadores que nos envíen, ¿serán como los anteriores? ¿Se fusilará a cuatro o cinco infelices mineros y los autores principales de la revolución continuarán disfrutando de toda clase de libertades? ¿Se reanudará la propaganda destructora? ¿La política socialista y la política burguesa serán tan frívolas y alocadas como hasta ahora?

La gente de Asturias hoy es más pesimista que antes de los sucesos. Saben que los militares sirven para la guerra, y la guerra se ha terminado. No ven política en ninguna parte. Ven los frutos de tres años y medio de locura y unas fuerzas subversivas más altivas, después de los hechos, que antes. Esta es la realidad y con su constatación doy por acabada esta encuesta. Agradezco desde estas columnas a los compañeros de *La Prensa* de Gijón y de *La Voz de Asturias* de Oviedo las innumerables atenciones que tuvieron conmigo, las orientaciones que me dieron y su inolvidable hospitalidad.

(*La Veu de Catalunya*, 30/X/1934)

Manuel Chaves Nogales
Crónicas (Octubre, 1934)

La organización del ejército rojo en Asturias

OVIEDO, 23 (11 n.). Voy recorriendo uno a uno los pueblecitos de la zona minera de Asturias. Al borde de la carretera me paro a charlar con los mozos, que, mano sobre mano, miran recelosos el ir y venir de los convoyes militares y las camionetas cargadas de guardias. Entro en las casas cuartel de la Guardia Civil de cada pueblo, y las mujeres y chicos de los guardias me cuentan el episodio dramático del que fue protagonista cada uno. Donde me dejan, procuro hablar con los prisioneros. Donde no me dejan, interrogo a sus madres y a sus mujeres, que invariablemente gimotean y maldicen desesperadas alrededor de los cuartelillos. Al pie de los altares, humeantes todavía, los párrocos me cuentan llorando cómo ardieron las imágenes, y junto a las ruinas de sus casas devastadas aprietan los puños y rechinan los dientes los propietarios desposeídos, al referirme cómo fue el despojo.

Es una labor lenta y dolorosa. Pero lo que ha sucedido en Asturias no se sabrá con exactitud y detalle sino después de encuestas minuciosas como la que yo voy haciendo por los pueblecitos asturianos, mientras los camilleros, con la cara tapada con un pañuelo, para evitar en lo posible el hedor, van recogiendo los cadáveres que se pudren al sol en los senderos de la montaña. Lo otro, los partes oficiales con su impresionante laconismo, los relatos apasionados de los primeros momentos, las visiones alucinantes de los que se creyeron a punto de perder la vida, las referencias monstruosamente deformadas al ir pasando de boca en boca, no sirven para dar una sensación neta de lo que ha sido el levantamiento armado de los mineros.

Es cierto, rigurosamente cierto, que la rebelión ha tenido esta vez caracteres de ferocidad que no ha habido nunca en España. Ni siquiera durante la gesta bárbara de los carlistas hubo tanta crueldad, tanto encono y una tan pavorosa falta de sentido humano. Todo cuanto se diga de la bestialidad de algunos episodios es poco. Dentro de cien años, cuando sean conocidos a fondo, se seguirán recordando con horror. La revolución de los mineros de Asturias, fracasada, no tiene nada que envidiar, en punto a crueldad, a la revolución bolchevique triunfante. No creo que los guardias rojos de Lenin se echasen sobre la burguesía rusa con tan terrible ímpetu. Asturias en dos semanas ha quedado arrasada para mucho tiempo. Pasarán varios lustros antes de que pueda levantar cabeza si España entera no acude en su auxilio. Oviedo, la ciudad muerta, recuerda, apenas se entra en ella, aquellas ciudades del frente occidental devastadas por el fuego cruzado de dos ejércitos potentísimos. Más de sesenta edificios destruidos totalmente —la mayor parte de ellos, en el corazón de la ciudad— y el medio millar de muertos habido en el casco de la población y los alrededores dicen elocuentemente lo que ha sido la revolución.

Pero, con ser esto cierto, no es posible, sin embargo, silenciar que, aparte determinados episodios de ferocidad jamás igualada, que harán pasar a la Historia este alzamiento como una de esas etapas en las que la humanidad retrocede a la barbarie, ha habido una gran masa humana lanzada a la revolución que ha sabido detenerse en los umbrales de la bestialidad y que incluso ha podido hacer gala en ocasiones de unos sentimientos humanitarios de los que no se les creería capaces. Para reconocer esto basta advertir, por una parte, el ensañamiento con que se han cometido algunos crímenes, y por otra, la cifra relativamente exigua de las víctimas, dado el hecho de que en muchos sitios los titulados guardias rojos han sido dueños absolutos de vidas y haciendas durante quince días.

Preveo que, en esto como en todo, la opinión española se dividirá en dos bandos igualmente irreconciliables. El de los que afirmarán que la población minera de Asturias lanzada al movimiento es una horda de caníbales y el de los que sostendrán que todo fue un juego de inocentes criaturas o, a lo sumo, de cabezas alocadas y sin responsabilidad. Para contribuir en lo posible a dar una sensación exacta de lo que ha sido la intentona revolucionaria, no encuentro más camino que el de ir acumulando testimonios para que cada cual, con arreglo a su conciencia, pueda formular su veredicto.

El más duro apóstrofe contra los revolucionarios se lo he oído a un hombre que indudablemente estuvo con un fusil en las manos disparando contra la fuerza pública. En cambio, el más explícito reconocimiento del humanitarismo de algunos rebeldes me lo hacía con lágrimas en los ojos un rico hacendado al que han arruinado totalmente. Este hombre, que se pasó diez días sitiado en una casa, desde la que estuvo haciendo fuego bravamente contra los revoltosos, mientras estos cogían como rehenes a su mujer y a su hija y las amenazaban con ahorcarlas, me contaba cómo los guardias rojos que las custodiaban se apiadaron de ellas, y cuando, a punto de llegar las tropas, los cabecillas quisieron dar muerte a los rehenes, ellos se opusieron, y por salvarles la vida lucharon con sus propios partidarios.

Hubo uno de aquellos guardias rojos que, viendo la partida perdida en el seno del comité revolucionario, se fue a la prisión y sigilosamente entregó a los prisioneros varias armas, entre ellas una ametralladora, y les advirtió:

—Quieren mataros. Defendeos con estas armas. Cuando vengan a buscaros vended caras vuestras vidas. Es la única solución. Ya os ayudaremos.

Cuartel general rojo

He comenzado mi encuesta por el frente sur, recorriendo los pueblecitos próximos al puerto de Pajares donde los rebeldes se opusieron al paso de la columna que venía de León. La lucha se desarrolló principalmente en Campomanes, Vega de Rey y Vega de Ciegos; pero el cuartel general lo tenían los revolucionarios en Pola de Lena, población de la que se apoderaron fácilmente los grupos armados procedentes de Turón, Sama, Mieres y otros centros mineros de la cuenca. La Guardia Civil de Pola, sorprendida, no pudo intentar siquiera la resistencia. Se rindió, y los cuatro guardias y el cabo, en unión de los tres guardias municipales que componían toda la guarnición, fueron encerrados en la cárcel. Encarcelaron también al alcalde, y ya fueron dueños absolutos durante quince días de Pola y su comarca.

Se constituyó inmediatamente el comité revolucionario, formado por gente del pueblo, que empezó aquel mismo día a actuar. Pero el ataque de las fuerzas que habían salido de León y habían llegado hasta Campomanes, donde estaban detenidas, hizo que Pola se convirtiese en cuartel general, desde el que los revolucionarios organizaban la defensa del frente. A Pola llegaban todas las mañanas en camiones centenares de mineros, a los que allí se dotaba de armamento, se aleccionaba y se enviaba a la línea de fuego. En la plaza del pueblo se formaban las escuadras del ejército rojo. Cada grupo lo integraban treinta hombres: veintiocho combatientes y dos camilleros. Se les señalaba cuál era su puesto en el combate, y de Pola salían ya desplegados en guerrilla con dirección a Vega de Rey y Campomanes. Por la tarde se hacía el relevo. Los grupos que por la mañana habían marchado a la línea de fuego regresaban, entregaban en Pola sus armas a los comisarios y se volvían en camiones a sus pueblos para pasar la noche en sus casas hasta el día siguiente, que eran traídos de nuevo.

Los revolucionarios habían tomado las alturas que dominan este pueblo, y desde allí hostilizaban a las fuerzas del ejército.

A los dos o tres días de fuego, los grupos de mineros de Mieres, Turón y Sama que bajaban todas las mañanas a Pola para coger los fusiles y marchar a la línea de fuego empezaban a disminuir. Se veía que cada vez tenían menos ánimos. Cada día venían menos. Últimamente, los cabecillas del movimiento, en vista de que la gente les iba faltando, amenazaron con hacer una leva y llevarse a combatir a la línea de fuego a todos los hombres, desde los dieciocho a los cuarenta años. Se constituyó inmediatamente una titulada Comisaría de Guerra, encargada de esta leva.

Mientras tanto, el comité revolucionario organizaba el titulado Estado comunista. De momento, la única tarea gubernativa consistía en requisar géneros. Empezaron mandando emisarios con vales a las tiendas; pero como los tenderos, si no se atrevían a oponerse, por lo menos ensayaban una resistencia pasiva bastante eficaz, terminaron extendiendo órdenes de requisa y llevándose los géneros a una cooperativa revolucionaria, a cuyas puertas empezaron a formarse las inevitables colas.

Pero la actividad gubernativa de los revolucionarios merece ser reseñada aparte.

(*Ahora*, Madrid, 24/X/1934)

Dos revoluciones en quince días desatadas sobre la región asturiana

OVIEDO, 24 (11 n.). En las primeras intentonas de esta utópica revolución social que España está padeciendo no mataban a los guardias. Ni siquiera les hacían prisioneros. Ahora, ante los escombros humeantes de las casas cuartel de la Guardia Civil y los cadáveres de los guardias sacrificados, recuerdo aquellas horas de comunismo libertario en un pueblecito andaluz, La Rinconada, cuando los revolucionarios triunfantes perdían el tiempo en discutir si debían o no encarcelar a los vencidos defensores del Estado burgués, para decidirse, al fin, por soltarlos, consecuentes con sus teorías, que no les permitían convertirse en carceleros. Más tarde, cuando, después de lo de Casas Viejas, vino aquella otra intentona de la Rioja, ya entonces estaban decididos a matar a los guardias. Pero, a pesar de esta decisión, no lo consiguieron porque los guardias tenían unos fusiles y sabían usarlos certeramente. Cuando en San Asensio, Briones, Haro, Cenicero y otros muchos pueblos riojanos los revolucionarios pusieron cerco a los cuartelillos de la Guardia Civil y aprendieron que los guardias no se rendían tan fácilmente ni sus vidas eran tan baratas como ellos habían creído, señalaron la táctica que habían de seguir en la próxima intentona los mineros asturianos. Y aprovecharon bien la lección. Los mineros de Asturias, al levantarse en armas el día 5 de octubre, iban decididos a acabar con la Guardia Civil a todo trance. Se habían provisto de cantidades enormes de dinamita, y en veinticuatro horas —cuarenta y ocho, a lo sumo— todas las casas cuartel de la cuenca minera habían sucumbido y sus heroicos defensores habían sido asesinados. Este designio de aniquilar a la Guardia Civil lo han logrado en Asturias los revolucionarios. Después...

El gobierno del nuevo Estado

Después no han tenido otra cosa que hacer. Una vez asaltados e incendiados los cuartelillos, los revolucionarios se han quedado con el arma al brazo en las plazas de los pueblos, esperando a que llegasen las tropas y les hiciesen pagar caras las vidas de los guardias.

Con la población civil han cometido grandes tropelías, indudablemente; pero, desde luego, muchas menos de las que en buena lógica podía suponerse. Me atrevería a afirmar que casi todas las víctimas de la revolución lo han sido por motivos de venganza personal pura y simple, no porque la revolución triunfante se haya dedicado a la tarea de cortar las cabezas de sus odiados enemigos de la burguesía, según reza la tradicional amenaza.

La acción gubernamental del nuevo Estado ha sido nula. Tengo la impresión de que, a pesar de los crímenes que se han cometido en Asturias, cuando los tribunales enjuicien la responsabilidad del comité revolucionario de cada pueblo se van a encontrar con que los directivos del movimiento no son responsables más que de haber expedido unos vales por kilos de pan y pares de zapatos.

Por lo visto, todo lo que tenían que hacer esos hombres, que no han vacilado ante el sacrificio de millares de vidas, era distribuir a su antojo esos papelitos con los que la gente hacía cola a la puerta de las tahonas y las zapaterías. Ha sido esto lo único que ha hecho el nuevo gobierno revolucionario, sin advertir que esta tarea era absolutamente superflua. El racionamiento de la población civil lo hicieron los bolcheviques en los primeros momentos de su revolución sencillamente porque había en Rusia una terrible escasez, y los víveres, ocultos por los especuladores desde hacía ya mucho, no podían distribuirse de otro modo. Es, sencillamente, pintoresco el complicado racionamiento de una población normalmente abastecida en las primeras horas de un movimiento revolucionario, cuando las tiendas, bien provistas, tenían sus puertas abiertas, y todo aquello respondía únicamente a un absurdo mimetismo, una grotesca simulación que convertía el movimiento en una tragicomedia bárbara.

Ya veríamos lo que hubiesen hecho los revolucionarios, que tan orgullosos se muestran de su sistema de bonos para la distribución de los víveres, cuando a los tenderos se les hubiesen acabado los géneros. De momento, mientras había pan en las panaderías y zapatos en las zapaterías, panaderos y zapateros los daban de grado o por fuerza, con la esperanza de que alguna vez acabaría aquello. Hubiera sido curioso saber qué planes tenían los comités revolucionarios de los pueblos para dar de comer a los vecinos cuando a los tenderos se les hubiesen acabado los géneros.

Rastreando pueblo por pueblo, no he encontrado más indicio de la actuación de los comités revolucionarios que este. Las masas sublevadas asesinaban a los guardias, encerraban en las Casas del Pueblo a los representantes de la burguesía, que arbitrariamente trataban de fascistas; satisfacían con verdadera saña algunas venganzas personales, incendiaban tal o cual palacio o iglesia y luego se ponían a repartir bonos contra los tenderos. Al cura de La Felguera le quemaron la iglesia, y luego le mandaron cuidadosamente cada día los bonos de pan necesarios para él y para su hermana.

No sé de más decretos, ni más leyes, ni más previsiones dictadas por los comités revolucionarios de los pueblos. Y no se olvide que en la mayor parte de las poblaciones de la cuenca minera el nuevo Estado ha sido soberano durante quince días. ¿Qué hicieron durante esos larguísimos quince días de holganza los directores del movimiento?

Publicar unos encendidos manifiestos plagados de imágenes literarias lamentables y con tal prosopopeya, que parece mentira que haya habido hombres que hayan asesinado y se hayan hecho matar por tales estímulos. «Estamos creando una nueva sociedad», dice un manifiesto del comité revolucionario de La Felguera publicado el día 9. No he podido todavía encontrar un solo indicio de la gestación de esa nueva sociedad. No es que yo crea que pudiesen crearla; es que tengo la convicción de que ellos tampoco lo creían y no se molestaban en hacer nada para lograrlo. Todas las soflamas de los comités revolucionarios no contienen más que excitaciones a la lucha y recomendaciones a la población civil para que soporte las privaciones. Leyendo estos documentos se adquiere enseguida la convicción de que los directores del movimiento revolucionario esperaban indudablemente una rara especie de benéfico maná que había de caer sobre los pueblecitos asturianos tan pronto como todos los guardias civiles hubieran sido asesinados.

Dos revoluciones en quince días

Los quince días que los revoltosos han sido dueños de los pueblos mineros han bastado para que fracasase la primera revolución y se hiciese una segunda. La primera estuvo dirigida por los socialistas; constituidos en todos los pueblos los comités revolucionarios a base de la Alianza Obrera, formando parte de ellos, por lo general, dos socialistas, dos sindicalistas y un comunista, se empezaron a repartir los bonos de víveres, se encarceló a los representantes de la autoridad y a algunos burgueses significados, se incendió alguna iglesia y se esperó el curso de los acontecimientos en los que ellos llamaban frentes de combate. La lucha iba mal para los revolucionarios. Las columnas militares estrechaban el cerco y los mineros que voluntariamente iban a pelear a la línea de fuego los primeros días, empezaban a desertar. La rebelión estaba dominada en toda España y las noticias eran desalentadoras.

Los comités revolucionarios adoptaron entonces dos previsiones. Una de ellas, confiscar los aparatos de radio para que no se divulgasen las malas noticias, y otra, amenazar con levas a la población civil para que todos los hombres de dieciocho a cuarenta años fuesen a luchar contra la burguesía. Estas medidas no fueron suficientemente eficaces, y hubo unas horas de desaliento absoluto. La revolución estaba vencida.

Surgió de nuevo con más ímpetu. El centro revolucionario pasaba de las manos de los viejos militantes socialistas a las juventudes. Estas acusaron a los primitivos comités de haber actuado con lenidad y blandura. Su primera resolución fue la de dar muerte a todos los prisioneros. A este criminal designio se opusieron entonces los revolucionarios de la primera hora. En algunos pueblos los revolucionarios del primer comité incluso armaron a los prisioneros; en otros les hicieron escapar; en alguno, como en Sama, los escondieron en los tejados y los defendieron pistola en mano contra sus mismos camaradas. Cómo hubiese terminado aquello de no llegar las tropas es difícil de prever. Seguramente hubiesen sido víctimas de la revolución los mismos que la desencadenaron.

Hubo, pues, dos revoluciones en quince días; es decir, hubo muchas más, porque en cada pueblo los titulados guardias rojos defendían un tipo de nuevo Estado absolutamente distinto. En Sama, por ejemplo, se implantó el socialismo integral. A tres kilómetros de allí, en La Felguera, lo que triunfaba era otra cosa: el comunismo libertario.

(*Ahora*, Madrid, 25/X/1934)

Hay que poner las cosas en su punto

Oviedo, 25. Las cosas en su punto. No es verdad que en Sama los revolucionarios se comieran a un cura guisado con *fabes*; no es verdad que en Ciaño despanzurraran a la mujer de un guardia civil y le hundiesen un tricornio en las entrañas; no es verdad que el cadáver de un capitán de la Guardia Civil fuese expuesto en el escaparate de una carnicería con el letrero de «Se vende carne de cerdo»; no es verdad tampoco que los revolucionarios saltasen los ojos a los hijos de los guardias civiles. Pero ¡cuidado! Es verdad que en Sama fue asesinado un sacerdote; es cierto y verdad que en Ciaño cayó muerta a balazos la mujer de un guardia civil; es verdad que un capitán de la Guardia Civil, y no solo un capitán, sino otros varios oficiales, han sido asesinados; cierto y verdad es también que en Turón y en otros muchos pueblos los hijos de los guardias muertos por los revolucionarios estuvieron merodeando por los pueblos sin pan y sin cobijo, como gorrioncillos.

Hay que poner las cosas en su punto. No porque los revolucionarios merezcan atenuantes para sus crímenes, sino porque creo firmemente que, a la larga, todos esos detalles de barbarie, positivamente falsos, provocarán una reacción favorable a los revolucionarios. Si se ha dicho que en Sama se comieron un cura y luego resulta que no se lo comieron, sino que lo asesinaron y dejaron el cadáver abandonado durante dos días en una calle, parecerá que el crimen es menos execrable que lo que realmente fue. Sospecho que alrededor de si se lo comieron o no va a entablarse la batalla de la ferocidad o no ferocidad de los revolucionarios, y como al final va a comprobarse que no es verdad que se lo comieran, quiero prevenir a mis lectores contra una reacción favorable a los mineros, que no estaría justificada. Hay que prescindir de ese cartel de crimen que explica la revolución como los charlatanes explican el crimen de Cuenca. La opinión española no es, ni mucho menos, el auditorio de una plazuela aldeana. Estas versiones escalofriantes que ha acogido la prensa de toda España —nuestro periódico inclusive— han producido ya un movimiento de contracción en la opinión pública asturiana, que dificulta la misión informativa. Cuando uno llega a un pueblecito cualquiera de las cuencas mineras diciendo que es periodista, inmediatamente se ponen en guardia todos los vecinos, los de la derecha y los de la izquierda, y el empeño de todos es demostrarle a uno que allí no ha pasado nada y escamotean cualquier detalle del que pudiera deducirse un acto de crueldad. Yo he visto a caracterizados individuos de Acción Popular y aun a bizarros fascistas de Sama y La Felguera indignarse por el agravio que se hacía a aquellos pueblos al suponer que los revolucionarios habían cometido los actos de barbarie que se les han atribuido. Así se da la paradoja de que gentes de orden y de humanísimos sentimientos le digan a uno, indignadas:

—No, señor. Eso no es verdad. Asesinaron a los sacerdotes, pero nada más.

Creo que este hecho escueto del asesinato de unos seres inermes, que a la monstruosa deformación de la conciencia colectiva parece hoy sencillísimo, poco menos que natural, es ya de por sí bastante.

La crueldad suficiente

Como buenos teorizantes del marxismo, los cabecillas de la revolución practicaron lo que ellos llaman «la crueldad suficiente». Asesinaron sin piedad a los guardias civiles porque, dado el espíritu de este cuerpo, necesitaban asesinarlos para tomar ellos el poder. No asesinaron a más gente porque no era necesario. Este es su punto de vista. Una vez dueños de la situación en toda la cuenca minera, no se produjeron más crímenes; no los necesitaban para entregarse a aquella tarea de los vales y las requisas a la que se dedicaron.

Pero a los cuatro o cinco días de haberse instalado en los Ayuntamientos o en las Casas del Pueblo los comités revolucionarios hubo un momento de crisis en la revolución. España no secundaba el movimiento; las tropas venían; Oviedo resistía aún. En este instante, el día 11 o el 12, los primitivos comités revolucionarios se consideraron derrotados e iniciaron la desbandada. Acto seguido apareció en primera fila la fuerza revolucionaria de las juventudes, que tomó de las manos de los viejos dirigentes las riendas del movimiento. Estas juventudes, trabajadas por una propaganda soviética intensísima, conocían al dedillo la casuística de la táctica revolucionaria comunista y, según sus patrones rusos, fielmente seguidos, determinaron que era llegado el momento de salvar la revolución por el terror. Decretaron, pues, el terror, y la primera medida a ponerse en práctica, según sus textos, era el fusilamiento de los rehenes tomados a la burguesía. Tengo la impresión de que así se dispuso, no sé si por una orden superior o por tácito acuerdo de los nuevos comités de cada pueblo. Del 12 al 13 de octubre, si los revolucionarios hubieran sido esos autómatas de la revolución que ellos creían ser, hubieran perecido en Asturias centenares de seres inocentes. Pero, felizmente para España, la calidad de español es todavía más fuerte que ese ciego doctrinarismo marxista que convierte a los hombres en autómatas. Cuando, según rezaba la tabla revolucionaria, los rehenes debían haber sido ejecutados, surgieron unos centenares de revolucionarios en los que fue más fuerte el sentido nacional de lo humano que el sometimiento a una táctica implacable, y se opusieron a que aquellos horrendos crímenes se perpetraran. Conozco detalladamente el curso de este episodio de la revolución en diez o doce pueblos. Los miembros del primer comité luchan con los del segundo comité para salvar la vida de los prisioneros. En todos lo consiguen, menos en uno, en Turón, donde la inhumana sentencia se cumple inexorablemente, y los rehenes —el director de la mina, unos capataces, unos religiosos y unos militares— son fusilados fríamente junto a las tapias del cementerio. He hablado largamente con el sepulturero de Turón.

«El día antes —me dice— me llamaron los del comité y me ordenaron que cavase unas fosas y las tuviese abiertas. Uno es sepulturero y su obligación es cavar las fosas que le manden. Yo estuve cavándolas, como era mi deber, y no quise meterme en más. De madrugada vinieron a buscarme a mi casa para que fuese al cementerio con las llaves, abriese y diese sepultura a unos cadáveres. Yo no podía negarme; me mandaban a hacer mi trabajo. Allí, junto a la tapia, estaban los muertos. Los cogí, los enterré y me fui a dormir. Esto es todo.»

¡Qué esperanza!...

El caso de Turón pudo ser el de cada uno de los pueblos de la zona minera, y a estas horas Asturias entera —no este pueblo ni el otro— sería vergüenza y dolor de España y del mundo. No ocurrió así por una serie de circunstancias providenciales. Principalmente por lo que yo creo más importante de todo: el sentido de humanidad que tiene el pueblo español, revolucionario o no. Luego porque, a pesar de cuanto se viene predicando en contra, no es creíble que estén agotadas todas las posibilidades de humana convivencia entre los de arriba y los de abajo, los pobres y los ricos, los burgueses y los proletarios, como ellos dicen. Los jefes revolucionarios que lucharon contra sus propios secuaces para salvar la vida de los prisioneros no lo hacían románticamente, como puede creerse, ni por un impulso caballeresco de defender al débil —seamos también materialistas—, sino porque no habían perdido todavía la esperanza de que en un mismo lugar puedan convivir en lo sucesivo los de un bando y los de otro, los que quieren provocar una utópica revolución social y los que tienen el deber de cortarle el paso. En medio de la ferocidad de la lucha, esta débil esperanza es la que ha evitado que Asturias se anegase en sangre.

(*Ahora*, Madrid, 26/X/1934)

Lo que no debe quedar vivo bajo los escombros

Ojeo en el monte

OVIEDO, 26. Tan pronto como entró en Oviedo la columna de López Ochoa, toda Asturias quedó definitivamente pacificada. Antes de que llegasen las tropas a los centros mineros, los revolucionarios se dieron por vencidos. Fueron a las Casas del Pueblo, donde aún tenían encerrados a sus prisioneros, y les dijeron:

—Nos han derrotado. Podéis marcharos a vuestras casas.

En algún lugar —cito concretamente el caso de Turón, donde más horrendos crímenes se cometieron—, los últimos guardias rojos dejaron de lado por primera vez las armas homicidas y abordaron a sus presos, procurando humanizar el tono. Uno de ellos les alargó con tímido ademán de cordialidad unos cigarros:

—Pronto estaréis en libertad. Mañana llegan las tropas.

—Mañana —replicó uno de los presos, rebosante de explicable rencor— os tocará el turno a vosotros.

—Mañana ya no estaremos aquí —contestó el guardia rojo alzando los hombros.

—Ya os darán caza.

—Puede. Todo depende de que se tenga o no un poco de suerte. El que cojan pagará. Los que escapemos podremos esperar a que llegue la nuestra. Algún día llegará.

Con esta fría conformidad, de la que unánimemente participan vencedores y vencidos, se separaron unos y otros.

Una hora después los infelices presos asomaban temerosos a la puerta entreabierta de su prisión. No se oía un ruido en todo el pueblo. El alerta de los guardias rojos que durante quince días les tuvo sobrecogidos había cesado al fin. Entre las sombras, pegándose a las paredes, volvieron a sus casas. En las afueras del pueblo sonaron unas descargas. Eran los revolucionarios fugitivos que gastaban sus últimos cartuchos antes de enterrar en la maleza del monte sus fusiles. Cuando amaneció, la falda del monte se los había tragado.

A media mañana, los que no estaban directamente comprometidos, los que tenían la esperanza de poder eludir la responsabilidad, los que no habían sido vistos, los que procedieron con cautela, todo el pueblo, en fin, estaba en sus puestos, cada cual atento a su quehacer, esperando a las tropas como si tal cosa. Tenían una esperanza: la de que no fuesen los regulares los primeros que aparecieran...

Los fugitivos

Este ha sido el final de la revolución en casi todas las cuencas mineras de Asturias. Desde el momento en que se libró a Oviedo de su martirio, se ha podido transitar libremente por todas las carreteras y llegar sin peligro alguno hasta la entraña de los poblados mineros. A los cabecillas de la rebelión, a los que cometieron los asesinatos y desvalijaron los comercios, se los ha tragado la tierra. Huyeron a Castilla, según dicen. Nadie ha vuelto a saber de ellos.

En Nava me dicen hoy que el núcleo de revolucionarios fugitivos ha sido visto. Las confidencias señalan su presencia en las abruptas cimas de Peña Mayor. Dícese que van en masa, formando una tropilla de cincuenta o sesenta hombres armados, a los que acompaña todavía una mujer, amante de uno de ellos, que, con el mosquetón al hombro, ha querido seguirles. Con ellos están los cabecillas de la rebelión en todos los poblados del Concejo: el Poeta, el Lila, el Quemao, los autores y los responsables de todas las depredaciones, al decir de los que se han quedado.

Ayer los aviones estuvieron pasando y repasando por encima de Peña Mayor y bombardeando algunos repliegues de la abrupta montaña. Esta mañana ha salido una columna de infantería a ojear el monte. Voy tras ella, y un poco más allá de Bimenes encuentro a la tropa. La columna se divide, y por ambos lados de la montaña los soldados van rodeándola. Tardarán dos o tres días en ojear la vasta extensión de Peña Mayor.

Me he quedado charlando con las mujerucas de una de estas aldeas miserables de la montaña.

—¿Los encontrarán? —pregunto.

—¡Qué van a encontrar! —dice una—. En la montaña no hay nadie.

—Dicen que los han visto.

—Habrán visto visiones.

Mi acompañante me hace señas discretamente, y más tarde me advierte:

—En estos poblados mineros procurarán despistar a la fuerza, porque son precisamente los familiares de estas gentes los que están en el monte. Aparte de esto, creo que la batida de Peña Mayor será infructuosa. Los rebeldes, si los hay, no harán frente a la fuerza. Aplastados en los maizales o escondidos en las breñas, dejarán pasar a su lado a los soldados sin dar señales de vida. Creo, además, que es posible que en el monte no haya nadie. Los fugitivos no se alejarán mucho de estos parajes. Allí arriba no hay medios de vida. Las cabañas donde pueden buscar refugio serán destruidas rápidamente por la aviación. De haber algún revolucionario por estas tierras no estará allá en lo alto, sino aquí, cerca, al borde del camino, a poca distancia de su casa, adonde su mujer pueda ir a llevarle, fácilmente y sin infundir sospechas, ropa y comida. Por la mañana verá usted muchas mujeres que suben a la falda del monte. Van a recoger la leche a las majadas. ¿Quién puede decir que en un recodo del camino no está el hombre fugitivo esperando el pan, la manta o la cántara de leche que necesita para resistir oculto indefinidamente?

Lo que no puede ser

La rebeldía está aniquilada. No hay que temer ningún brote de la actividad revolucionaria. Me atrevería a asegurar que en ningún rincón de Asturias se producirá en mucho tiempo el menor choque. Las partidas de revolucionarios fugitivos que andan por los montes se irán disgregando, sin afrontar en ningún caso un encuentro con las fuerzas, y teniendo buen cuidado de cometer tropelías que señalen su paso.

Pero esto no quiere decir que los revolucionarios, vencidos por la fuerza de las armas, se consideren moralmente vencidos, que sería lo único que acabaría definitivamente con esta pesadilla de la utópica revolución social, que desde hace tres años sacude a España estúpidamente. Ese ademán del guardia rojo que, al darse por vencido, tiende un cigarro a su enemigo y le despide diciendo «otra vez será», no es posible. Tengo a la vista los manifiestos editados el día 18 por el Comité Provincial Revolucionario de Asturias y por algunos comités locales, en los que se leen frases como estas: «Estimamos necesaria una tregua en la lucha, deponiendo las armas en evitación de mayores males...»; «es un alto en el camino...»; «nos creemos, por el momento, vencidos, pero no eliminados para continuar actuando y laborando para un golpe más certero...»; «rendidas por completo las fuerzas de combate y agotada la munición, nuestra única misión es deponer por un tiempo prudencial nuestra actitud y seguir en la siembra, laborando y abonando...».

No. Esto no puede ser. A que no sea debe tender desde ahora mismo la acción del gobierno, de este y de todos los que puedan sucederle, de la derecha y de la izquierda, de Fulano o de Mengano. Esto, no.

Cuando escribo tengo a la vista el pavoroso aspecto de las calles céntricas de Oviedo. Da la impresión de una ciudad en ruinas, devastada por un ejército invasor o un seísmo espantoso. Manzanas enteras de soberbios edificios se han venido abajo por la explosión de toneladas de dinamita. ¿Cómo ha sido posible que esto llegara a producirse? ¿Es que va a ser posible otra vez algún día?...

(*Ahora*, Madrid, 27/X/1934)

El martirio de Oviedo bajo el imperio de la dinamita

OVIEDO, 27. No creo que haya habido una ciudad en la que una revolución haya hecho tantos destrozos como la rebelión de los mineros ha causado en Oviedo. Las referencias que se tienen de la lucha revolucionaria en las calles de Petrogrado y Moscú en 1917, de las devastaciones de la guerra civil en Ucrania y de las revoluciones comunistas en Alemania y Hungría no acusan un porcentaje tan elevado de edificios destruidos, de tesoros artísticos perdidos y de vidas humanas sacrificadas. Costó mucho menos implantar el bolchevismo en las calles de Moscú de lo que ha costado a Oviedo resistir a los mineros. Aquellos famosos diez días «que conmovieron al mundo» fueron positivamente menos espantosos que los diez días de la revolución en Oviedo.

Este *record* de destrucción lo explica sobradamente una sola cosa: la dinamita. Las cantidades de dinamita de que han dispuesto los revolucionarios son fabulosas. En cualquier rincón de Asturias, en la última aldehuela, aparecen todavía camiones cargados de toneladas —así, toneladas— de dinamita. Si toda ella la hubiesen utilizado, no habría quedado en Oviedo piedra sobre piedra. Quince días después de la revolución, los valles de Asturias siguen retumbando pavorosamente por las constantes explosiones de los depósitos de dinamita que los artilleros van poco a poco inutilizando.

Esto es lo inconcebible. Cuando llegue la hora de aquilatar las responsabilidades últimas de lo ocurrido en Asturias, esta de la dinamita será una de las que más estrechamente deberá depurarse. La gente se preocupa de los alijos de armas, de las compras de fusiles en el extranjero y de los saqueos de las fábricas militares; pero acepta como un hecho lógico y natural que los mineros tuviesen esas cantidades ingentes de dinamita, olvidando que el martirio de Oviedo no hubiera sido posible sin las reservas de explosivos de que disponían los revolucionarios.

La dinamita, además, en manos de una gente que tiene por oficio el manejarla, es un arma de una eficacia combativa incalculable. A los pelotones de guardias rojos que salían de la cuenca minera en dirección a Oviedo se les entregaban fusiles y cartuchos; pero la verdad es que de poco o nada les sirvieron. Basta apreciar los efectos del tiroteo en las fachadas. Cuando se encuentra una casa cuyas ventanas están enmarcadas por los impactos, mientras el resto de la fachada permanece intacto, ya se sabe que allí estaban refugiados los rebeldes y que contra ellos han tirado los soldados o los guardias. Cuando, por el contrario, se ve un muro acribillado a balazos por todas partes menos por los contornos de los huecos, ya se sabe: contra esta pared tiraban los revolucionarios.

El fusil no les ha servido de nada. En los tres primeros días de asalto a Oviedo, los guardias rojos dispararon al aire millares y millares de cartuchos sin hacer un solo blanco. El día y la noche se los pasaban consumiendo los peines de balas que les entregaban para cada guardia. Se calcula que en los ocho días han disparado cuatro millones de cartuchos. Así se explica que ya al final tuvieran que rendirse por falta de municiones, sin haber podido acallar los disparos de los soldados y los guardias, que, refugiados en la catedral, el cuartel de guardias de asalto, la cárcel, el cuartel de Pelayo y los cuatro o cinco puestos estratégicos, estuvieron haciéndoles constantemente un fuego mortífero. Los mineros no sabían manejar más arma que la dinamita, y con ella consiguieron sus únicos triunfos. Expertos conocedores de las propiedades del explosivo que a diario manejan, lo utilizaban con una eficacia sorprendente. Los ataques a la dinamita fueron terribles. Avanzaban hacia las fuerzas de asalto, que, con el fusil echado a la cara, les cortaban el paso, y yendo a pecho descubierto con el cinto lleno de cartuchos de dinamita y el cigarrillo para irlos prendiendo, en los labios. Tiraban un cartucho, y como sabían medir exactamente su fuerza explosiva, se retiraban solo lo estrictamente indispensable, mientras el adversario huía aterrorizado, perdiendo posiciones; apenas sobrevenía la explosión, saltaban sobre el lugar mismo donde se había producido y, envueltos en la humareda, avanzaban un poco más para lanzar otro cartucho y otro y otro. Aquellos diablos perdidos en el humo denso de las explosiones ganaban terreno en el cuerpo a cuerpo con los defensores del orden, que tuvieron que replegarse a los puestos estratégicos, donde resistieron el asedio hasta que llegaron las tropas.

En cambio, cuando los dinamiteros se vieron forzados a sostener el tiroteo con los reductos de la fuerza pública, fracasaron. No consiguieron apenas hacer bajas a los servidores de las ametralladoras que les estuvieron friendo. Días y días, los guardias rojos, parapetados frente a la catedral, con el inútil fusil entre las manos, estuvieron viendo cómo los guardias y los soldados les iban cazando poco a poco, sin que pudieran avanzar un paso.

Su rabia, su impotencia, les hizo volverse entonces contra la ciudad, que tenían inerme en sus manos, pero de la que no podían ser los amos mientras subsistiesen aquellos reductos desde los que la fuerza pública les fusilaba a mansalva. Entonces empezó la destrucción sistemática de edificios. Con cualquier pretexto, por una supuesta necesidad de estrategia, por represalias fundadas en que desde allí se disparaba, metían un barreno en los muros y hacían volar el edificio. Otros los rociaban con gasolina y los incendiaban también por medio de la explosión de cartuchos de dinamita. La fuerza pública, para aislarse y mantener la defensa, tuvo que coadyuvar a la destructora tarea. El teatro Campoamor lo incendiaron los guardias de asalto para que no se les echasen encima desde él los revolucionarios.

Manzanas enteras de soberbios edificios se abatieron. De ellas no quedan más que informes montones de escombros o negros paredones que amenazan desplomarse. La traca final fue la voladura del edificio del instituto, llevada a cabo por los rebeldes cuando ya se sentían derrotados. Una tonelada de dinamita sacudió las entrañas de Oviedo y escupió al cielo aquella ingente mole.

Este cataclismo pudo ser un simple episodio. Con la dinamita que a los mineros sublevados les ha sobrado después de rendirse, tenían para haber volado la ciudad entera.

Que esto haya sido posible es lo que no se concibe. El mundo se horrorizaba antes cada vez que se hablaba de aquellos dinamiteros clásicos cuya sola evocación ponía pavor en todos los ánimos. Eran unos hombres terribles que andaban ocultándose en las entrañas de las ciudades con un paquetito de tres kilos de dinamita bajo el brazo. Cuando ahora, aquí en Asturias, me llevan una vez y otra a los garajes y a las bocaminas donde hay camiones cargados con toneladas y toneladas de dinamita de la que ha sobrado a los rebeldes, me acuerdo de aquel infeliz terrorista de las novelas rusas al que perseguía implacablemente la sociedad considerándose seriamente amenazada por su paquetito de explosivo. En cambio, estos mozos insensatos que manejaban diariamente cajas enteras de dinamita, debieron parecer a las autoridades unos inofensivos aficionados a los fuegos artificiales. De no haber sido así, lo de Oviedo no se comprende.

Yo no sé cómo puede evitarse que los mineros tengan la dinamita que se les antoje en un momento dado; pero estoy absolutamente seguro de que si se quisiera se evitaría. Lo contrario es resignarse a que una ciudad, una región, un país entero estén a merced del coraje de unos millares de mineros arrastrados por una estúpida propaganda revolucionaria.

(*Ahora*, Madrid, 28/X/1934)

La liberación de Asturias contada por el general López Ochoa

Cómo entró en Oviedo la pequeña columna mandada por el general

—¿Con cuántos soldados entró usted en Oviedo, general?

—Con trescientos soldados bisoños y unas ametralladoras.

—¿No era temerario?

—No lo sé. Mi misión era entrar cuanto antes en Oviedo y la cumplí con el menor número de bajas posible.

—Acaso —le agrego— se pudo esperar a que hubiesen desembarcado más contingentes de fuerza y se hubiesen formado fuertes columnas, que habrían batido sin peligro a los rebeldes.

—No creí oportuno esperar. Dos horas de retraso hubieran sido acaso suficientes para que la guarnición de Oviedo hubiera tenido que rendirse, y entonces la reconquista hubiese costado mucha más sangre, muchísima más.

—Sus trescientos hombres, general, pudieron haber sucumbido.

—Mis trescientos hombres y yo corrimos el riesgo que se corre en toda acción de guerra. Las virtudes militares hay que medirlas por sus resultados. Para mí no había opción. Me habían comisionado para que llegase cuanto antes a Oviedo y la liberase. El riesgo que corría nuestra pequeña columna al avanzar era siempre menor que el riesgo que positivamente podía correr si tardábamos en llegar y la guarnición sucumbía. Liberé a Oviedo, como me habían mandado, y no sé si por capacidad de general en jefe o por virtud de guerrillero. Lo que había que hacer se hizo, y tuve la suerte de que el acierto viniese en apoyo de mi decisión.

—De no haber hecho lo que hizo usted, ¿qué camino cabía seguir?

—Esperar a que las columnas estuviesen organizadas; descontar que nos encontraríamos a Oviedo en manos de los rebeldes absolutamente, y entonces emprender contra ellos unas operaciones a fondo en las que indiscutiblemente les habríamos vencido, pero, desde luego, a costa de grandísimas pérdidas.

—¿Tenía usted alguna garantía de éxito en su golpe de audacia?

—Procuré tener todas las que militarmente podían exigírseme. Al venir a Oviedo, los rebeldes me habían preparado una encerrona en Peñaflor, en las gargantas que hay entre Trubia y Grado. Maniobré cautamente con mi columnilla, esquivé el peligro y caí sobre Oviedo a tiempo. El éxito coronó mi empresa. Eso es todo.

—¿Cómo logró usted la rendición de la cuenca minera?

—Sin disparar un tiro.

—Se ha hablado de un pacto con los rebeldes.

—No hubo tal pacto. La verdad neta de las negociaciones para la rendición de la cuenca minera es esta.

El general López Ochoa recapacita y dice:

—Por mediación de una tercera persona, uno de los jefes de los rebeldes llamado Belarmino Tomás me hizo saber que estaba dispuesto a procurar la rendición de la cuenca minera y quería conocer las condiciones que yo impondría. Expuse al emisario mis condiciones: entrega de la cuarta parte de los miembros del comité provincial revolucionario, entrega inmediata de las armas a los representantes de la autoridad que habían sido depuestos y aprisionados y que no se disparase un solo tiro cuando las fuerzas avanzasen.

»Belarmino Tomás, al conocer mis condiciones, por medio de su emisario, me manifestó que estaba dispuesto a venir a hablar conmigo si yo le prometía no hacerle prisionero. Le di mi palabra de aceptarle como parlamentario, y acto seguido se presentó en el cuartel general.

»Aceptó íntegramente las condiciones que impuse, que fueron las que dejo mencionadas, y no es cierto que él impusiese condición alguna. Ni me comprometí a facilitar salvoconductos, ni a que nadie pudiese eludir la acción de la justicia por los actos delictivos que hubiese cometido. Lo único que Belarmino Tomás me pidió, no como condición para rendirse, sino en tono de ruego, fue que en los pueblos de la cuenca minera no entrasen en vanguardia las tropas de regulares. Le ofrecí llevarlas únicamente a retaguardia; pero le anuncié que en el momento en que sonase un tiro las pondría a la cabeza de la columna con orden de avanzar implacablemente como si se hallasen en terreno enemigo. Cumplí mi palabra y él cumplió la suya. Mientras se llevaban a cabo estas conversaciones, un cañón que los rebeldes tenían emplazado seguía hostilizándonos. Apenas salió de nuestra entrevista el parlamentario de los mineros, el cañón dejó de sonar. Las cuencas mineras fueron ocupadas al día siguiente sin que sonase un solo tiro. Hemos salvado muchas vidas de seres inocentes, y el ejército ha cumplido su misión con absoluta fidelidad, sin la más mínima concesión y sin pacto alguno con los rebeldes. Eso es todo.

—Conozco, general, la versión de esas negociaciones que se tiene en el otro campo. He oído a testigos presenciales el relato de la escena que se desarrolló en la plaza del Ayuntamiento de Sama cuando Belarmino Tomás, ante los rebeldes armados, reunidos en asamblea, comunicó sus negociaciones y pidió a todos que entregasen las armas y se rindiesen. Fue, según me dijeron, un momento emocionante. Algunos exaltados querían asesinar allí mismo a Belarmino por traidor. Al fin se impuso el buen sentido. La versión de las negociaciones, quiero hacerlo constar, es idéntica a la que usted me ha dado.

—No podían dar otra. A lo único que renuncié fue a la entrega de la cuarta parte de los miembros del Comité Provincial; pero no por otra razón que la de haberse fugado ya a aquellas horas el titulado Comité Provincial Revolucionario y no subsistir más que los comités locales. La entrega de la cuarta parte de los miembros de estos comités locales hubiera sido labor lenta. Yo quería cumplir mi decisión firme, con negociaciones o sin ellas, por las buenas o por las malas, de estar al día siguiente con mis tropas en la cuenca minera.

—¿No hubo nada más en la negociación?

—Nada más. Es decir, sí. Hubo en el momento de marcharse el negociador el deseo por parte de este de hacer constar que se rendían sin condiciones, primero, porque se habían quedado sin municiones, y segundo, porque confiaban en mi espíritu humanitario y democrático y en mi lealtad personal, sin cuyas circunstancias no hubiera sido posible, ni probable, el pacífico sometimiento.

—Ha sido un gran triunfo. Ahora, a esperar la recompensa.

—No espero ninguna. Como militar, se me otorgará la que me corresponda; pero la más preciada para mí es la de haber cumplido mi deber. Como ciudadano, lo que me satisface más es el haber salvado a Oviedo y a España en momentos difíciles.

—Dícese que el gobierno tiene el propósito de otorgarle el título de capitán general.

—Para eso sería preciso que esa categoría militar existiera. Si el gobierno de la República la restablece y me considera con merecimientos bastantes para elevarme a ella, la recibiré con la máxima gratitud. Pero, quiero reiterarlo, no deseo más recompensa que la de la estimación de mis servicios por los ciudadanos de la República y, singularmente, de Oviedo, que ya me han otorgado el máximo galardón al nombrarme ayer hijo adoptivo de la ciudad.

(*Ahora*, 28/X/1934)

«La pobreza produce revoluciones y crímenes.»
ARISTÓTELES

Desde LIBROS DEL ASTEROIDE queremos agradecerle el tiempo
que ha dedicado a la lectura de *Tres periodistas en la revolución de Asturias*.
Esperamos que el libro le haya gustado y le animamos
a que, si así ha sido, lo recomiende a otro lector.

Queremos animarle también a que nos visite en
www.librosdelasteroide.com y en nuestros perfiles de Facebook, Twitter
e Instagram, donde encontrará información completa y detallada sobre
todas nuestras publicaciones y podrá ponerse en contacto con nosotros
para hacernos llegar sus opiniones y sugerencias.
Le esperamos.